野間 宏集

戦後文学エッセイ選9

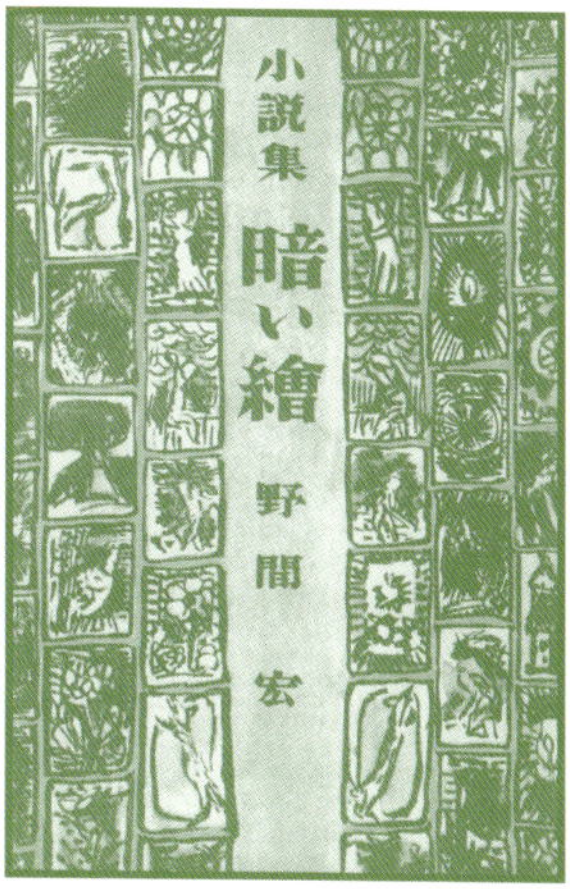

影書房

野間宏（1948 年・真砂町時代）

野間宏集　目次

戦後文学エッセイ選9 野間宏集（第十三回配本）

栞 No.13

わたしの出会った戦後文学者たち（13）

松本昌次

2008年11月

戦後文学者で、わたしが直接対面し話をかわした最初の方は、野間宏さんである。戦後間もなくから、戦後文学者の方がたの作品を読み、それぞれの作家に関心を寄せてはいたものの、一読者の域を出ず、出会う機会などはむろんなかった。しかし、ひょんなことから文京区真砂町の野間さん宅を訪ねる破目に陥ったのである。一九五二年秋の初めごろだったと思う。わたしはその年の三月、仙台の大学を卒業して東京都立一橋高校の昼間・夜間部の時間講師の職を得ていたが、夏休みが終ると同時に、いわゆるその頃猖獗を極めた〝レッドパージ〟でアッという間にクビになり、失職中であった。その事情ははぶくが、そのわたしに、仙台の大学に残っていた友人から、「秋の文化祭に野間宏氏と木下順二氏の講演会を開きたいから、ついては東京にいる君が交渉に当ってくれ」という連絡がとどいたのである。仕方がない、『暗い絵』で戦後文学運動の先頭をきり、『真空地帯』で一挙に声名を馳せていた野間さんを、おっかなびっくり訪ねたのであった。

野間さんは、見も知らぬ若造の突然の訪問にも拘らず申し出を心良く引き受け、木下さんとの交渉などもすべてすすめてくれたのである。ところが、大任を果たしほっとした矢先、文化祭の企画がフイになって、講演会は中止になったと友人から連絡が再び届いたのである。わたしが慌てふためいたのはいうまでもない。本郷・東大農学部前の、指定された〝南米〟コーヒー店で待機する野間さんと木下さんにお詫びするため、わたしは駈けつけた。その喫茶店と大通りを距てた真向いに、東京大学基督《キリスト》教青年会館の学生宿舎があり、そこに木下さんの住んでいる一室とともに、未来社の事務所もあった。その未来社に、翌年四月、編集者としてわたしが入社することになろうとは、その時は夢にも想像できなかった。

野間さん独特のゆったりした口調で、しかしきびしく、懇々と批判されたことはいうまでもない。「木下さんは東北方面の予定をすべて立てていたんですよ、それが全部ダメになったんですよ」と、ひとことも文句もいわず、かたわらで優しく微笑していた木下さんにかわって野間さんがいった時は、事の重大さに穴にでも入りたいほどだった。しかしそれまでに、わたしが野間さんと木下さんの作品をほとんど読んでいたことや、仙台から『夕鶴』を往復鈍行の夜汽車でトンボ帰りしながら観にきていたことなどが幸いし、一転して失業中のわたしにお二人は同情し、好意ある言葉をかけてくれたのであった。そして翌年図々しくも野間さんに未来社への入社をお願いしたのである。

さきごろ、聞き書きの形で『わたしの戦後出版史』なるものをトランスビューから刊行させていただき、わたしの編集者になったイキサツの一端として、このエピソードも語った。その折、聞き手の労をとってくれた鷲尾賢也・上野明雄の両氏は、口を揃えて、「人生どう展開するかまったくわかりませんね」といわれたが、まさにそうとしかいいようがない。禍をもって福となすとはこのことだが、さて、人生をかえりみて、これが果たして福だったのかどうか、それはわからない。しかし戦後文学者のなかではじめて出会った野間さんとの小さな出来事によって、以後のわたしの編集者としての人生がはじまり、ひいては、「戦後文学エッセイ選」全一三巻の企画、完結にも連なることになったといっても過言ではない。まさに「人生どう展開するか」わかったものではない。

『わたしの戦後出版史』で語ったこととも重なるが、十数年前に「影書房通信」（'95・3）に書き、拙著『戦後出版と編集者』（一葉社）にも収めた一文を再録させていただく。

野間宏『暗い絵』

「草もなく木もなく実りもなく吹きすさぶ雪風が荒涼として吹き過ぎる。はるか高い丘の辺りは雲にかくれた黒い日に焦げ、暗く輝く地平線を附けた大地のところどころに黒い漏斗形の穴がぽつりぽつりと開いている。」

――これは、野間宏さんの『暗い絵』の冒頭部分で、数ページにわたって、ブリューゲルの絵についての主人公の深見進介の印象が書かれている。当時、というのは五〇年前の敗戦直後のことだが、発表前の原稿の一枚目を読んで、親しかった経済学者の内田義彦さんに「こんなのは小説じゃない、書き直したらどうか」といわれたという風説すらある。のちに『暗い絵』を高く評価した平野謙さんですら、最初は「どこからこういう発想と文体がきたのか」見当がつかなかったと告白しているほどである。『暗い絵』の「くねくねした手法」は「寝汗のようで」うす気味悪いとしながらも、この作品が提出する「問題の新しさ」に注目、はじめに評価したのは宮本百合子だった。いまでこそ、埴谷雄高さんの『死霊』とともに、戦後文学の暁鐘を告げる小説としての位置を占めているが、『暗い絵』がすんなり文学界に受け入れられたわけではない。それ以前の日本近代文学とは、余りにも異質な印象を与えたからである。

日中戦争勃発後の困難な時代背景のなかで、鬱勃とした青春の苦悩に捉えられながら、反戦と社会変革に生命をさらす青年群像を描いた『暗い絵』は、以後の野間さんの巨大な文学的・社会的活動を暗示して、いまに鮮烈な感動を呼ぶ。みずからの心を「日本の心の尖端」であると自覚する主人公・深見進介は、「常に俺自身の底から俺自身を破ってくぐり出ながら昇って行く道、それを俺は世界に宣言しなければならない」と考え、「仕方のない正しさではない。仕方のない正しさをもう一度真直に、しゃんと直さなければならない」と、みずからに宣言する。この言葉は、野間さんの多岐にわたった文学的苦闘——例えば『青年の環』全六部・八千枚の完成——や、さまざまな社会問題への参加——例えば狭山事件・環境汚染批判など——を見事に貫いているといっていい。après《アプレ》-guerre《ゲール》 créatrice《クレアトリス》 叢書の一冊として真善美社から一九四七年一〇月に刊行された、野間さんのはじめての小説集『暗い絵』には、肉体的なエゴイズムと格闘する痛々しいまでの野間さんの自己追及の短編三つも収められ、読む者に衝撃を与えた。いきなり、東洋の〝車裂きの刑〟のように〝恋人と正義〟に肉体が股から引き裂かれると書きだされた『二つの肉体』、戦場で歩けなくなった戦友を見捨てざるを得なかったように、恋人の心に触れることができず、「他人の生存をどうすることもできはしない！」と自虐する主人公を描いた『顔の中の赤い月』、「四枚の唇と四つの掌」とで接吻しながら、お互いが「絶対に相容れることの出来ない心と肉体の所有者であると判断」するくだりを、えんえん七ページにわたって書きこんだ『肉体は濡れて』の三篇である。これらの作品を書くことによって、野間さんは、なんとかして自己に執着する「俺自身を破ってくぐり出」ようと試みたのである。しかし、宮本百合子の推挙にも拘らず、その頃日本共産党員であった野間さんは、党から〝近代主義的傾向〟と批判され、やがて党と訣別する道を歩くことになるのである。

岡本太郎によって〝ノロマヒドシ〟と評された野間さんの、日常的な挙措動作におけるスローモーションぶりには定評がある。埴谷さんは、野間さんを〝象〟に擬し、「感覚の伝達機構が皮膚と肉を十数枚重ねた遥か彼方の奥の迂回路を通って走っている感じで、あらゆることがすぐぴんとこない」と評し、「眼前でかなり手ひどい悪口を言われながらもなんとなくにこにこして聞いていてしまい、ちょうど家へ帰りついて玄関の戸を開いたとたんに霹靂のごとく首筋を打たれて、その悪口の意味がはじめて理解でき、急にむらむらしてくる」という野間さん自身の〝告白〟を書きとめている。いつの頃の何のパーティだったろうか。コップにビールがつがれ、「では、乾盃の音頭を野間さんに」ということになった。ところが、それは音頭どころか、考え考え、ゆっくりゆっくり、一言一言を確かめるような長い長い、堂々たる講演になったのである。コップのビールの泡は消え、そのうち手が疲れて、一人二人と、ふたたびコップはテーブルに逆戻りする仕儀となった。それでも野間さんは微動だにせず話しつづけたのである。

作家にとっては新聞の折込み広告一枚も大事だと捨てなかった野間さんの家が、応接室はむろんのこと、全室、玄関、廊下、階段すべてが本や資料や、何やかの紙屑で埋没状態だったことは有名である。やっと一人分の尻が入る椅子に坐って野間さんと話していると、急に口をゆがめ、野間さんがいかにも楽しげに笑う。しかしいま話していることは、さっぱりおかしくない。さてと、内心困っていると、やがて三〇分ぐらいたってその理由がわかるのである。野間さんの表情や話は、たえず三〇分先か一時間先に語られるであろうことを予想して理解しなければならないのである。それらは、野間さんの〝肉体〟のすみずみまで細かく張りめぐらされた独特の〝迂回路〟を経てくるのであって、スイッチを押すとパッとテレビの画面が映るような単純なものではない。一九九一年一月二日午後一〇時三八分、野間宏死去、七五歳。戦後文学の峨々たる山巓《さんてん》が崩れた。わたしにとって、優しく、懐かしく、暖かく、深い人であった。

（'95・2・25）

●全13巻完結にあたってのお礼の言葉

本巻『野間宏集』をもって、「戦後文学エッセイ選」全一三巻の完結となりました。第一回配本の『花田清輝集』の刊行が二〇〇五年六月ですから、ほぼ三年半がかりということになります。大出版社ならば一年ほどで完結させてしまうでしょうが、零細出版社の悲しみで、先立つモノに追われつつ喘ぎながらの道のりでした。感慨ひとしおのものがありますが、この間、本選集を購読して下さった読者の方がた、こころ良く収録を許可された著作権継承者の方がた、編集・資料等さまざまな面でお力添えいただいた方がた、そして印刷その他制作業務を順調にすすめて下さった方がたに、心から深くお礼申し上げます。ここでお断わりしなければならないのは、いかにわたしが一三氏の文学的業績に心を寄せ、それらを読んだからといっても、専門の文芸研究者ではなく、単なる一個の編集者に過ぎません。従って当然、その編集作業上での限界・偏向をまぬがれません。また、各著者の厖大な作品のなかから、二十数篇のエッセイを収めたに過ぎないのです。まさに無暴のそしりをまぬがれ得ない企画ともいえますが、これら各著者のそれぞれの小さな〝個展〟〝デッサン集〟を手がかりに、読者の方がたが〝戦後文学〟の壮大な全体像にさらに関心を寄せて下さることを願うのみです。

本当に有難うございました。

凡例

一、「戦後文学エッセイ選」全一三巻の巻順は、著者の生年月順とした。従って各巻のナンバーは便宜的なものである。

一、一つの主題で書きつがれた長篇エッセイ・紀行等はのぞき、独立したエッセイのみを収録した。

一、各エッセイの配列は、内容にかかわらず執筆年月日順とした。

一、各エッセイは、全集・著作集等をテキストとしたが、それらに収められていないものは初出紙・誌、単行本等によった。

一、明らかな誤植と思われるものは、これを訂正した。

一、表記法については、各著者の流儀等を尊重して全体の統一などははかっていない。但し、文中の引用文などを除き、すべて現代仮名遣い、新字体とした。

一、今日から見て不適切と思われる表現については、本書の性質上また時代背景等を考慮してそのままとした。

一、巻末に各エッセイの「初出一覧」及び「著書一覧」を付した。

一、全一三巻の編集方針、各巻ごとのテキスト等については、同じく巻末の「編集のことば」及び「付記」を参看されたい。

カバー＝野間宏小説集『暗い繪』（真善美社・一九四七年一〇月刊）表紙。（装幀＝富士正晴）

野間宏集

戦後文学エッセイ選　9

ジイドのラフカディオ

アンドレ・ジイドの存在は僕の生き方を決定したと言える。もしも僕が青年時代にジイドに出会うことがなかったとすれば、僕は今日の僕ではなかったにちがいない。僕はいわば、十九世紀的な、むしろ世紀末的な、人生に対して積極的な断定をもたない人間として、生きつづけていることであろう。そしていまもなお、心理主義的な探究を文学の最大の仕事だと考えて、心理小説をかいていることであろう。青年時代に突如として僕の前にあらわれたジイドが、それ以前に歩んできた僕の道を曲げ、僕をそれまでとは全く別の人生の道にはこんだのである。

高等学校三年間、僕はドストエフスキーとフランス・サンボリスムと西田哲学に打ち込んでいた。一たびドストエフスキーのあの異常なアトモスフェアの中にまき込まれると、もはやそこから出口を失ってしまい、まるで自分が、「悪霊」や「未成年」の中の一人の人物であるかのような立場におかれるものである。そして僕もその頃、自分が、キリーロフでありシャートフであり、ヴェルシーロフであるかのような感じで生きてきた。日々友人に出会ったときなどでも、すぐにその友人の心理状態の分析を行ないながら、しかも、その分析の方法としてドストエフスキーの分析法を借りてきて、現実に存在しないことさえも、まるで存在するかのようにつくり上げるという状態であった。愛と憎しみとの共存とか霊と肉との分裂というような、ドストエフスキーの思想の一断片を抽象的にとり出してきて、それを自分の生活の中へおし入れる。そのために、いたずらに自意識ばかりを体内に蓄積して、しかもその自意識に過重な価値を置くということになった。もっともその頃（昭和七年―九年頃）は、京大事件のあとでいわゆるマルキシズムの退潮期であり、一般に自意識の問題が大きく取扱われはじめた頃であった。文学の上でも、横光利一氏などが、自意識の解明を行なおうとしていた頃である。そして、僕はドストエフスキーにとらわれるとともに、マラルメ、ヴァレリーの文学の影響を受けていた。すなわち自我の深みにくぐり入り、現実を遮断した絶対的な詩的世界を構築するところに文学の目的を見ていたのである。ジイドが僕の前にあらわれたのはこのようなときであった。高等学校三年の頃、フランス語の伊吹武彦教授はテキストにジイドの日記抄を用いた。がその第一時間目に、伊吹教授は、ジイドの文学について解説し、「現在、ジイドは文部省推薦の作家になっているが、このジイドの作品を一つ一つたどり追究してゆけば、どうしてもコンミュニズムへ行きつくようになっている。その一つ一つの作品は、自意識を論じ、愛を論じ、肉体を論じ、なんら、コンミュニズムと関係ないように見えるが、ひとたび、この作品の系列とその発展を、忠実にたどってゆけば、そこにゆかざるを得ない。恐ろしい作家である」といった。僕は、この教授の言葉をきいて、読者にそのような作用をする文学などあるわけがないという感じを抱いたのである。しかし、実際、ジイドの作品を、フランス語の勉強をかねて、一つ一つ読んでいったとき、僕は、教授の言葉が真実であることをはじめて感じ取った。ジイドの一つ一つの作品は、次々と上昇し、最後に「コンゴ紀行」において、コンミュニズムへ流れ入っていたのである。そしてジイド自身がサンボリスムの影響を脱出して生きてゆく道を僕にはっきり示したとき、僕もまた、ジイドに従って現実から文学を隔離するサンボリスムから脱却しなければならないと思ったのだった。そしてまた、事実サンボリスムよりのがれ出る道は、ただ、ジイドの道の他になかったのである。このように僕が長い間執着していた、マラルメのあの「逆走」(fuir)「彼方への逃走」から自分を奪還するためには、ジイドの手が必要であった。

僕はジイドの作品のなかでは「法王庁の抜穴」が一番好きである。もちろん、ジイドは、作品によって判断するならば、大作家の中に数えることは出来ない。そしてこの「法王庁の抜穴」さえも、ジイドがソティとよんでいるように、小説とは言い得ぬであろう。しかし、この作品が、当時の青年たちに与えた影響を考えるとき、この作品の二十世紀における意義の重大さをかんじとることができるのである。ここには、ジイドが生涯にわたって追いつづけた、「無償の行為」の思想が、もっともはっきりした形に結晶されている。そして、マルローやサルトルの出発点も、ここにあるとも言いうるのである。

ソティ(茶番劇、中世茶番劇に範を取る)とジイドが名づけている三つの小説「パリュード」「鎖でつながれそこねたプロメテ」「法王庁の抜穴」の中に、ジイドの無償の行為に対する考え方が、漸次解明され、洗練されてゆくのを見ることができる。そしてこの最後の「法王庁の抜穴」こそ彼の生活の一頂点であり、ここに「無償の行為」の思想はエネルギッシュにひらかれる。僕は、自意識より脱出するために、このジイドの思想の力を借りたのであるが、それはジイド自身がはたしたことである。

「鎖でつながれそこねたプロメテ」でジイドはこの思想をいくらか漠然とではあるが拡げている。最初の「パリュード」においては、自意識の構造そのものが批判の対象になっているが、またそこには、自意識からの出口というものは示されていない。そしてこの作品で一応それが出されるのである。――神に反抗して人間に火を盗み与えたかどで、大神デウスによってコーカサスの山の中へ閉じこめられたプロメテが、山の中から鎖をとかれパリの街に出てくる。プロメテは一羽の鷲をつれている。そして自分の肝臓を餌としてそれを飼うている。この鷲が自意識であるのだが、プロメテは自分の肝臓を鷲に一日一日投げ与えながら瘦せてゆく。その反対に鷲は肥え、その羽は美しく輝いてゆく。しかもプロメテはその鷲を撫でて喜び、人間はこの鷲を持つ故に人間なのだと主張し、自意識こそ人間の存在理由だと考えるのである。このプロメテが、ある日一人の男、ズウス（デウスのこと、ギリシャの最大の神）に会い、たずねた。「あなたの鷲を見せて下さい」と。しかしズウスはこう答えた。「俺は鷲など持ってはいないよ。」そこでプロメテは鷲を持っていない人間（?）がいるということに驚嘆する。そしてプロメテは最後にその肥え太った鷲を殺し、料理して食べてしまう。自意識の鷲を殺してたべてしまうと、今度はプロメテが肥えてくるのである。ジイドがこの作品で言おうとしていることは、意識、そのものとしての意識、生活をはなれた意識は、単なる循環論証のようなものにすぎないということである。それは神としての人間、言いかえるならば、神にぴったり重なりうる人間である。この作品によって自意識批判を行なったジイドは、無償の行為の時代へはいってゆく。彼はいままで自分がとらえられていた自意識、単なる循環論証として慣習化したあらゆる束縛を破り、自分の自由を取り返そうとする。無限の可能性の真只中に身を置き、そこに自分の身を焦そうとするのである。アクション・グラチュイットがここにある。

　グラチュイットとは無報酬のとか理由のないとか無動機のとかを意味している。すなわち無償の行為とは絶対に手段化されることなく、自由な、それ自身において存在する解放された行為のことである。「法王庁の抜穴」の主人公ラフカディオがこれを求める。ラフカディオは夜、自分の乗っている列車が坂道にかかったとき一人の男を列車の外へ昇降口から突きおとし殺してしまう。何の動機も持たないこの行為。ラフカディオはここに無限の自由を感じる。しかしこれを知っていたものがあった。それが彼の学校友達で、いまは詐欺師になっているプロトスであった。

　僕はこの主人公ラフカディオが好きである。彼は私生児であって、いわゆる親の束縛をもたない。さらに彼は、身体を鍛錬して自由の肉体をもっている。そしてまた、常に自分の弱点を感じとったとき、小刀を腿に突き立て自分の意志をきたえる。この主人公ラフカディオは骰子《さいころ》を持っている。しかしそれは彼が骰子を振って自分の行為、決心を決定するということを示すのではなく、彼自ら自分自身を骰子として投げだすことを示しているのである。彼という骰子を振るもの、これが彼の神であり、こうして自分の体を骰子として投げ出すことによってのみ、彼は観念（意識に属する）を打破り、神そのものに重なるのである。骰子、自らのうちに確乎とした必然性を有している新しい骰子、これが無償の行為である。このラフカディオにいつもつきまとおうとしているもの、これが観念として（あるいは観念の中心として）存在する穴、法王庁の抜穴ともいうべきものである。副主人公、プロトスがこれを代表している。プロトスはあらゆる慣習、束縛の中に位置している。さらに言うならば、慣習の法則を握っている。ラフカディオという太陽のような輝きをかげらせ、蔽いかくそうと羽を拡げている大鳥のようなものである。このプロトスが、ラフカディオの列車におけるあの殺人を知っていて、ラフカディオに言う。「お前は俺の掌の中にある」と。そして自分の組織している詐欺団「百足虫組」にはいれと言う。確かにラフカディオはプロトスの掌中にあった。あるように見えた。プロトスという観念の代表者は、ふたたびラフカディオを鎖でつなぎ、あの鷲をもったプロメテにかえてしまうかのように見えた。しかしラフカディオを鎖でつないだものは、もはや単なる観念（自意識の）としてのプロトスではない。単なる観念としてのプロトスを打ち破るためには、無償の行為としてのラフカディオで十分である。事実ラフカディオはプロトスの申し出をしりぞける。詐欺師プロトスは、ラフカディオを密告することは自分の罪をあばくことになることを知っていて、これ以上ラフカディオを追いつめる力はないのである。それにもかかわらず、ラフカディオは、自分の行なった無償的殺人のために、苦しみにおち入る。自分の自由を証明しようとして、自己解放のために行なった無償行為によって彼はかえって鎖でしばられる。ラフカディオを鎖でしばるものは彼自身の中に、無償の行為の中にあるのである。

ラフカディオは最後に、その恋人のジュヌヴィエーヴにあの殺人の当時のことを語っているが、「まるで無我夢中の無意識だったのだ。そして以来、あのことが、悪夢のように俺につきまとうている」と彼はいう。そして彼はジュヌヴィエーヴのすすめに従って自首して出ようと決心するのである。無限の自由が一変して無限の束縛となってしまう。この行為そのものに内在しているように見える自己矛盾、これを追いつめてゆきながら、ジイドは無償の行為から脱して新しい地点に行きつく。それが彼の社会的実践の時代である。

ラフカディオは自分の周囲の汚れた、毎日毎日が同じことの繰返しである泥沼の社会を背にして、この現実からの逃走を企てる。しかし彼は現実というものを正しくとらえることが出来ない。彼は単に意識の方向から現実を見ているのである。それ故に彼は、ただ理由づけられているもの、例えば儀礼とか作法とか慣習とか世間態とかいうような、人間の意識によって支配されているものを嫌い、それからのがれることによって自由になろうとする。すなわち、全く無動機な行為というものを求めることによって救いを見出そうとするのである。ラフカディオは自然の児である。（彼は私生児である。）そして自然への方向、現実からの逃走の方向に自由を見ようとする。彼は意識の方向において見られた現実（自意識及び意識によって理由づけられた慣習や、循環論証的な繰返しの世界）を破って新たな現実、すなわち自然を見出した。しかしほんとうの現実は、更に深く、その自然そのものをも包んでいるのである。それは絶対に逃走の許されない世界であり、人間がそこに立ち、そこで生きるところである。その深みへ人間は食い入り、その中へ自分を埋めつくす外には自分を生かす道はない。ラフカディオは現実から逃走することによって、一層深い現実にぶちあたったのである。

ラフカディオは無限の自由を発見しようとした。が、かえってその自由が彼の体を縛ってしまう。彼は自首して出ようと決心した翌日、庭の木がそよいでいる明方にめざめ、骰子として神の掌の上に投げだした自分の体が社会という掌の中にのせられているのを発見する。このとき、社会が彼の前にふたたび姿をあらわす。しかしこの社会は、彼が、そこから脱出しようとした社会とは全くちがった意味をもってくる。それは毎日が同じく繰返されるという、単なる日常性の社会でなく、その社会の底にもなお動いているもののある真の社会である。ラフカディオの眼に現実の姿がはっきり見えてくる。彼は自然の児から社会の児になる。

無償の行為を追求することによって、社会の児となったジイドは、あのラフカディオが背を向けた社会の中へ、資本主義社会そのものの中へ身を入れる。社会と歴史の問題が彼の心をとらえるのである。そして、ここに彼の「コンゴ紀行」の道が生れる。歴史の動きに重なることによって神の領分を奪い取ってゆくこと、ここに真の自由を見出すのである。

僕はこのラフカディオに長い間、憑かれていた。彼の自己鍛錬法である小刀の「突」が僕を魅惑した。僕は自分が私生児でないことを、残念に思う気持になっていた。両親の存在がなかったならば、じっさい、どれほど自由かしれないと思ったものである。しかし、そのような考え方は、全く、私生児というものを美化した考え方であって、実際は、私生児の問題はこのようにあつかわれるべきではなかったのである。ジイドがその後に行なったように、真の自由はこの私生児の考え方の方向からでてくるのではない。しかし、ジイドが、行為の問題を、一つの文学上の主題として、展開したということは、大きな意味をもっていた。それは、フランスにおいてもその後シュールレアリストたちを、社会実践の領域にみちびく上に重要な作用をし、心理主義文学の出口ともなったのである。もちろん、僕はこれによって、（さらに限定して言うならば、ラフカディオによって）ドストエフスキーの世界から出ていったのである。もちろん、ジイドの文学とドストエフスキーの文学とを比べてみたとき、その大いさ、迫力のすべてにおいてジイドはおとっている。それにもかかわらず、それはドストエフスキーをつき破る力をもっている。僕は、「法王庁の抜穴」のラフカディオと「未成年」のアルカージーとを自分の前にならべて、自分はどちらをえらぶかと考えてみたとき、僕にはラフカディオをえらぶほかにはないと思ったのである。この二人はいずれも自由を求めて生きている。そして同じように自分自身に打ちかつ努力を重ねてゆく。しかし「未成年」を根底から支えている思想は社会的実践の思想ではない。例えば、アルカージーとその姉の同じ父（ヴェルシーロフ）をもつアンナとの関係を考えるとき、このことははっきりするのである。

「わたしはかなり一生懸命彼女をみつめたが、別に変った所も発見しなかった。あまり背の高くないよく肥えた娘で、恐ろしく赤い頬ぺたをしていた。もっとも顔はかなり気持のいい顔で物質論者の気に入りそうだった。ことによったらそれは善良な表情かもしれないが、それにしても一種の陰翳があった。特にこれというほど聡明な表情も輝いていなかったが、しかしそれは最高の意味で言ったことなので、狡智というようなものは十分眼つきに表れていた。」これがアルカージーの言葉であり、ここには物質論者に対する、嘲笑があるのである。そういう点において、ドストエフスキーの描く青年は、ラスコリニコフにしろ、アルカージーにしろ、やはり一定の方向をもってはいないのである。二つの方向にまたがった足をもって、動きながら、そこに救いを求められないのである。僕はこの両刀の小刀からのがれなければならない。そしてラフカディオのみが、両刀の心理から僕を救い出してくれたというべきである、ラフカディオはラスコリニコフの系列の人間である。彼は結局、自首して出る人間である。しかし、刑を受けた後のラスコリニコフの生存に期待はかけられないが、ラフカディオにはかけられるのである。そしてそれが結局やはりジイドなのだ。刑を受けたのちのラフカディオ、それが、如何にして社会の中にはいり、動くかということ、それを示すのがジイドの「コンゴ紀行」であるといってよいのであるが、ラスコリニコフから、「コンゴ紀行」がでてくるとは思えない。そしてその点で僕は、スケールは小さいけれども、やはりラスコリニコフよりもラフカディオを信じるのである。

ドストエフスキーの世界から出ていったものは、トルストイのネフリュードフであり、ジイドのラフカディオであるが、しかしこの二人のうち、ほんとうにドストエフスキーの世界からでたものとしてはラフカディオのほかにはない。そして僕がネフリュードフにつらなるのはラフカディオを媒介にしてなのだ。こういう意味においてジイドの存在の大きさを僕はかんじとる。ジイドによって僕の人生観は根底からかえられてしまった。行為や実践の問題、人生をいかにきりひらくべきかということが、むしろ僕の中心課題となったのであった。そして僕の文学の問題は、むしろ非常に単純化され、僕ははじめて芸術と生活（実行）の問題の重要性を理解した。それ故、ドレフュス事件のゾラの偉大さを感じとることができたというのも、全くジイドの思想によったのである。

ジイドの作品は文学作品として最高のものではない。それはスタンダールやバルザックの作品にくらべるとき、あまりにも貧しいところがある。今日読みなおしてみると、一層その感じが深い。それにもかかわらず、彼の作品のなかからでてくる力が、ドストエフスキーの巨大な力をも打ち破るのである。もちろん僕はジイドの文学のスタイルや様式をまなんでつくるということはない。そういう意味ではジイドの作品は積極的な役割をはたしはしなかった。プルーストやヴァレリーのようにメチエの上で、後の文学に大きな影響はのこさない。しかしマルローやサルトルやアラゴンはジイドなくしては絶対に生れない存在である。マルローはスタイルにおいてはユゴーと結びつく。サルトルは、マルローとジョイスに結びつく。アラゴンは、ヴァレリーに結びつく。しかし、その結びつく仲介者はいずれもジイドなのである。ジイドなくして、サルトル、アラゴン、マルローの生存はなく、従ってフランスの文学の新しい面は生れない。このようなジイドこそ、また僕を動かすものと言わなければならない。そして僕がジイドに従う点もまたこれ以外にはないのである。

小さな熔炉

高等学校から大学へかけて六年間を私は京都で送った。この六年間はいわゆる青春時代であるが、全く暗い影でおおわれている。しかし暗いとは言っても、いまから考えると、じつにエネルギーにみちみちたものであったと思える。そして、この六年間で、私はやはり私のその後の歩みの方向を決定し、この六年間の自己形成の原型が、その後、私の人生の危機に於いていつも甦《よみがえ》ってきては私を救ってくれるようである。三高にはいったときの私は、全くの文学少年で、しかも、耽美派の文学の信奉者であった。それ故、私は谷崎潤一郎やポオやワイルドや新感覚派の文学などをもっとも高い文学と考え、自然主義文学や、白樺派やトルストイやロシヤ文学は念頭に置こうともしていなかった。そして、私が、三高の文丙を志望したのも、ボードレールなどの文学を勉強したいと考えていたからであった。もちろん私は、中学の二年頃から、物を書き始め、作家になろうと考えていたが、すでに父が死亡して、母一人の手で家計が支えられ、しかもかなり苦しい経済状態であったので、母親は私を医者にしようと考えており、私もまたその気になっていた。しかし私はついにそれを押切り、また母親も、私の文学への出発を認めてくれたのであった。

ちょうど京大事件の翌年のことであり、学校はかなり思想的には洗われてしまっていたようである。ことに文丙のフランス語の級は特別温和で、いろいろな意味で目立つという人間はあまりいなかった。それ故、三年間のうちに、停学処分をうけたものは、ただ一人だけという、じつに生徒課からみれば、たのもしい級であった。また語学などでも、特別にすぐれて出来るというものもいなかった。フランス語の主任教授は、ときどき、私達の語学の能力がおちてしまったといって不満をもらしていた。主任教授は折竹錫先生だったが、以前、淡徳三郎や浅野晃のいたクラスはじつに語学がよく出来てすでに一学期の終りなどには小説を自由によみこなし、彼等のする質問にはほとほと弱らされたと昔の学生の激しい勉強ぶりを話された。実際私自身も語学は最初はあまり出来なかった。ことに一学期の終りから二学期にかけて、肺浸潤のために学校を休まなければならなくなってからは、一時語学力は非常におちてしまった。そしてそれをようやく回復したのは二年の終り頃であった。

しかしこの病気は、私のものの見方、考え方、生き方を根柢から変えたと言ってよかった。私はよくいえば慎重、悪くいえば臆病、優柔不断、非実践的な人間になっていったのである。そして又ちょうど、その頃、私は、私の生涯の大事件と言ってもよい、一人の人間に出会ったのであった。詩人竹内勝太郎との出会いである。竹内勝太郎という詩人は現在でもまだごく少数のひとにしか知られていない無名の詩人であるが、この詩人が私に与えた影響はほんとうに大きい。私は、この詩人から単に思考のメトードを教わったばかりでなく、生き方そのものを教えられたのである。

竹内勝太郎は全く日本に稀な思考力の強靱な詩人である。その出発点は三木露風、北原白秋などの日本的なサンボリスムであったが、露風や白秋が中途で挫折した思想追究をおしすすめて、独力で、マラルメをきわめていた。私はおそらく日本でマラルメをきわめたといえる人は、このひとひとりしかいないと思う。竹内勝太郎は、中学を二年のとき中途退学し、放浪生活をしながら、独力でフランス語を学び、フランスに渡り、日本にはじめて、サンボリスムの詩を確立した詩人である。マラルメ、ヴァレリーの詩の系統を完全に自分のものとし、当時、『明日』という詩集を出していた。もちろん、誰一人として彼を認めようとはしなかった。その点、彼自身が非常にマラルメ的な存在であった。

私はこの詩人に、当時三高の理科に在学中の富士正晴に紹介してもらった。そしてこの詩人の指導の下に富士正晴、桑原静雄の三人で同人雑誌、『三人』を出すことになった。この同人雑誌は、私が大学卒業後もつづき、私はこの雑誌で、私の文学をきたえたのである。この雑誌には後に、井口浩、吉田行範、瓜生忠夫（この頃彼は風変りな、優しいところのある自我の詩人であった）などが加わった。そしてその目的とするところは、ヴァレリーの主張する「純粋詩」の確立であった。私は詩人竹内勝太郎によって、はじめて、マラルメを知りヴァレリーを知り、ランボオ、ジイド、アランを知ったのである。

私達はよく竹内勝太郎の家へ出かけていった。それは鹿ヵ谷の法然院の下の、疎水べりにあって、二階建の卵色の壁をした静かな洋風の家であった。玄関脇にしっかりした板の間の応接室があり、冬にはストーヴがたかれ、火の音がしていた。ほうじ茶の香り高い茶が出、詩の話、小説の話、音楽、絵画、演劇、能、カブキ、あらゆる芸術の話が交された。私はここで芸術、文学、思想の手ほどきをうけたのである。ブラックの素晴しい写真版があり、私はキュービズムの見方もはじめて教わった。

ストラヴィンスキー、ドヴュッシイーなどの聞き方も教わった。マラルメの「素白の頁」や「骰子の一打」などの読み方、アランの肉体（コル）の考え方、ヴァレリーの建築的な言葉、「ユーパリノス」的な考え方など、すべてここで生れたのである。

私ははじめて文学、芸術に於いていかに思考力の鍛錬が大切であるかということを知った。思考推進の厳密さの重要なことを感じさせられた。それと共に、愛が人生に於いていかに大切であるかということも教えられたのであった。私はこの人が私達弟子を愛したような美しい愛し方を、他にまだみたことがない。この偉大な人間（私はこの人を偉大とよんでいいと思う。というのは、この人の文学的価値は、近い将来、必ず再評価されるであろうから）は、芸術の根源は愛であることを私に教えたのである。

この詩人は、ヴァレリーと芭蕉と禅家の語録を読んでいた。そして、私も、また、富士正晴と共に禅宗の語録をよんだ。『正法眼蔵』や曹山、洞山などをくりかえしよんだ。この詩人はときどき、私にこういう問を出したものである。「痛自何来」と。私はそれに答えることができなかったのを覚えている。私は、またこの詩人に従って哲学の勉強をした。西田哲学、田辺哲学をたどたどしげに読み、カント、デカルト、スピノザ、ライプニッツ、キェルケゴール、ハイデッガー、ヘーゲル、バルト、ヴルンナーといろんなものを連絡なしに読んだ。それと共に、ドストイェフスキー、トルストイ、チェホフなどロシヤ文学をよんだ。

詩人竹内勝太郎はヴァレリーの「厳密」という言葉を好み自分自身を日本に於けるマラルメと考えていたようである。そして私達の集りを、ジュール・ロマンやデュアメルなどの文学修業の僧院《アベイ》の集りのようなものにしたいと考えていた。そして、私は一篇の詩をつくり上げることに私の全精力をぶちこんでいた。もちろん、私の書く詩は、どれ一つとして、この詩人を満足させはしなかった。これは他のものも同じで、彼の弟子達で彼を満足させる作品を彼の生前かいたものはいなかった。もちろん、彼は当時の日本の詩人のほとんどすべてを否定していた。三好達治を思考力のない詩人とよび、堀口大学、北川冬彦をキャラメル詩人とよび、朔太郎を厳密な言葉使いを用いぬ詩人と考えていた。それと共にまた、日本の小説のほとんどすべての小説を否定していた。思想のない小説、人間を生かす力のない小説、そういう風に日本の小説を考えていた。そして私も、そういう見方を彼から与えられた。私は学業を重要視していなかった。そして、あまり学友達とも交渉をもたなかった。私は富士正晴と共に、ナッパ服をきて、よく街に出ていった。この富士正晴は非常にエクセントリックなところがあり、私が三高を卒業する頃、理科一年甲類を二回、文科一年丙類を二回やり、ついに学校をよしてしまった。私達は学校の必要性をあまり認めていなかったので、彼が学校をやめると言いだしたとき、一応引きとめはしたものの、結局、あまり強く主張はしなかったのである。そして彼の父母を非常にかなしませることになってしまった。じっさいすまないことをしたものであるが、当時、芸術の他には何ものにも価値をみとめようとしなかったので、富士正晴の学業の放てきはむしろもっとも純粋なものであると私には思えた。私が比較的正確に学校に出席したのは、ただ、貧乏の中から、私を学校に出してくれた母親に対する責任感からであった。

井口浩は六高在学中、学生運動に参加して退校になり、京都に下宿してフランス語を学ぶために日仏会館にかよっていた。井口浩も富士正晴と同じように小柄で、同じようにエクセントリックなところがあり、それらの中では、私が一番凡人であった。桑原静雄も、私と同じように学校にきちょうめんに出ていたが、この学業に精を出していた二人の方がかえって病弱であったのである。しかしこの病弱ですこし放縦な生活をすればすぐ発熱するという体のコンデイションが、これを自制させ、私に意志の鍛錬を命じたようにも思える。

高等学校二年のとき、私はドストイェフスキーに打ち込んだ。そして、それは全く、ドストイェフスキーにつかれたと言った方がよかったかも知れない。その後、いろんな人に会ってきいてみて解ったことであるが、ドストイェフスキーにとりつかれるとき陥る、あの熱狂状態を私は一年ほどつづけた。私ばかりではなく、井口、富士、桑原、皆そうであった。『地下生活者の手記』を懐に入れて、私達は街に出て行き、まるで自分が、地下室の人間の一人であると思い込んでいた。心理の分裂、二重心理、そうしたことばかりに私の頭は用いられた。学校へいっても、妙に傲慢《ごうまん》で、と思うと急に神妙になったりして、ほんとうにあつかいにくかったらしい。

私はその頃はじめて、女を買いに行ったことがある。しかし、それは、全く、自分の力をためすというような子供らしい意図のために他ならなかった。自分は決して女を買うことなど恐しくもなんともない、自分は女を平然と取りあつかうことが出来る、ということを自分で自分に証明しようとしたのであった。つまりこれは、結局、青年の奇妙な見栄に原因していた。女性観など全然できていなかったのである。ところが実際、それを実行してみたとき、私は三高の制服をつけたまま、宮川町へ出かけていったが、向うへついて、奇妙に足がふるえてきて、みじめな気持になってしまったものである。

そしてこの頃、私はマルキシズムに対しては全くと言ってよい程、無関心であり、むしろ否定的な態度をとっていた。ただ井口浩は当時マルキシズムを勉強していて、私にドイツ・イデオロギーを読めとすすめ、それを私は読み、つづいて、フォイエルバッハ論をよみ、その他二、三のものを読んだりした。また井口浩は高槻《たかつき》に家があって、高槻の高等医専の学生運動を指導していて、そのためによく、特高が、彼の下宿をたずねてくるという状態であったが、私は、彼のその方面の話をきいて、特高の人達のやり方に反感をかんじ、彼に同情は示したが、しかし、やはりマルキシズムに大きな関心をもつということはなかったようである。

私がその方面の勉強を始めたのは、高等学校の三年頃であった。そしてそれは全く、ジイドの影響、ジイドのコンミュニスムへの転向によってであった。しかもまた、それは私の家の経済状態がもっともひっ迫し始めた時期とも重なっていた。

私はフランス語の時間に、伊吹武彦教授からジイドの日記抄を習っていたが、そのとき伊吹教授は、「ジイドは現在は文部省推せんの作家だが、このジイドの作品を一つ一つたどってゆけばどうしてもコンミュニスムへゆくと言われている。じつに恐しい作家だ」と説明された。そしてそのとき、私にはその意味がはっきりのみこめず、むしろそのような思想追求が文学のなかにあるなどということはじっさい信じることができなかったのである。しかし、私は語学の勉強を兼ねて、ジイドの作品を「パリュード」から一つ一つよみすすんでゆき、「背徳者」「狭き門」を通り、「地の糧」、「法王庁の抜穴」、「女の学校」などをすぎて、「コンゴ紀行」に及んだとき、私は、自分もまたジイドに従って、その道を歩む以外にないことを感じたのであった。ジイドの大きな歩みが、私を私の内部から前へつき出した。私は、それまで自分が余りにも芸術に没入し、芸術の中に自分が埋められてしまっていたことを知ったのである。ジイドがいかにしてマラルメのサンボリスムから脱出したか、そのジイドの生き方が、私に働き、私も、またマラルメから脱出しなければならないということを強く感じた。殊にジイドが、「一粒の麦もし死せずば」の中で、ドレフュス事件の際、勇敢に戦って死んでいった一人の青年の美しい行為を賞讃しているのを読んだとき、私ははじめて、人生に於けるヒロイズムの価値を知ったのだった。そして、後の「ソヴェット旅行記」はもっとも私の心をゆすぶった。

この頃私は織田作之助と話し合ったことがある。彼は文科甲類で文芸部の委員をしていて、かなり長い戯曲などを校友会誌にのせていた。すでに二年同級にとどまっていて、さらにその年も、出席日数がたりないので、進級できるはずはなく、それを周囲の級友達が心配していろいろ教授達との交渉に当ってやっていたようである。彼および彼の属する文学グループは小林秀雄を読み、武田麟太郎を重要視していた。私達のグループと彼のグループは対立していて、校友会雑誌にのった互いの作品の批判会のときには、かなり猛烈な、たたき合いをした。私達は全く日本の文壇の人達を認めていなかったし、或る意味で非常にアナクロニズムのところがあったので、その人達から軽蔑《けいべつ》の眼をもって見られていたようであった。しかし私達もまた、それに対して青年のもつあの烈しい蔑視を返していたのである。小さな心理的な反目などがあったが、しかし間もなくそれも消えていった。

私は大学も引続き京都にいたが、それは全くこの竹内勝太郎の元をはなれたくないからにすぎなかった。（私は以前は東京大学のフランス文学科にはいろうと考えていたこともあったが、そして、ときどき、東京にしようか京都にしようかどうかと迷っていたが、どうしても竹内勝太郎から離れるということは私にはできなかった。）しかし詩人竹内勝太郎は、私が大学一年の一学期に死んだのである。黒部峡谷の谷間に足をすべらせて死んでしまった。彼の死は、シェリーの死のように全く不慮《ふりよ》の死であった。そして私はその死から大きな打撃を受けた。私はもはや、指導者を失ってしまったのである。私はそのときから、私の頭で考え、私の腕で、自分の文学をきり開いてゆかなければならなくなった。しかし彼の死は、一層、私のマルキシズムへの接近をはやめたようである。私は竹内勝太郎の芸術至上主義の鎖から放たれたのであったから。そしてその後はただ、ジイドの道が、新しい道として、私の前にひらかれていた。

マラルメからの脱出、ドストイェフスキーからの脱出、西田、田辺哲学からの脱出、私はそれをジイドに導かれて、やろうとしたのである。西田哲学の「永遠の現在」の考え方を破ったのは、ジイドの「爾も亦《なんじ》」の中にある「nunc」の聖書解釈であった。「nunc」（いま、ここで）いまから。そして、この考え方は現在よりもむしろ未来に眼を向けているエネルギッシュな思想である。これによって私はドストイェフスキーの両刃《もろば》の心理からぬけでることができるという風に考えた。

当時京都大学には全国の高等学校から、学生運動で退校処分になったものたちが、検定試験をうけて集ってきていた。そして、私も次第にそれらの人達の集りに出るようになった。大学にはいった年の五月、京大事件の記念日に、学生達は秘密会合をもった。場所は京都市内では解散を命じられる恐れがあるので、伏見の山の手の料亭に変更されたが、それでも二百人以上の学生が集り、事件当時学生であって、すでにその頃は社会人となって各方面に活躍していた先輩がそれに加わった。そして、私達は、学問の自由への情熱を、あくまでも失わないということを誓い合った。私はこのとき知り合った五、六人の友とその後、『賃労働と資本』『経済学批判』『資本論』の研究会を始めた。それは、北白川の一人の友人の下宿の六畳で行なわれたが、これが、私が加わった最初の秘密研究会であった。勿論このときはなかなかはかどらず、第一巻の第一分冊（高畠訳）までしかゆかなかった。しかし、何か特高の眼をさけながら、こうした集りをもつということが、私達を生々とさせ、私は一生懸命一字一句をたどるようにして読んでいった。私は、フランス文学科に席があり、経済学の知識と言っては、三高の終り頃よんだ河上肇の『第二貧乏物語』と『経済原論』の講義位のものであったので、『資本論』の理解はほんとうに困難で相対的価値形態や等価形態のところなどは長いことかかってようやく解るという始末であった。それ故、その頃は、私は資本の再生産過程の考え方などまだ少しも理解していなかった。殊に私が苦しみを感じたのは、西田哲学の行為的直観の考え方や、田辺哲学の絶対媒介の論理からいかにして唯物論に移ってゆくかということであった。この橋渡しをしてくれたのは、三木清、戸坂潤などの著書であった。しかし、私の中にはその後も、長い間西田、田辺哲学が尾を引いてのこっていて、私はそれをどう処理していいか解らないような感じを抱いていた。私が西田、田辺哲学からぬけきることのできたのは、ずっと後のことである。

その頃、私は小学校時代の旧友小野義彦に大学の芝生で出会ったが、彼はすでに立派な戦闘的なマルキシストになっていて私を驚かした。

私は彼を通じて、後に『学生評論』の同人になる人達に紹介された。彼等のうちの一部は、当時非転向で、獄から出てきた、春日庄次郎のコムミュニスト・グループと連絡を取り、大学内に非合法組織京大ケルンを組織していた。しかし、私はむしろそれらの動きに対しては、かなり距離をもっていて、私がそれらの友のうち、もっとも親しかったのは、布施杜生（布施辰治の息子、彼はケルンに加入していた）であった。布施は誰に学んだというのでもなく、ひとりで詩をつくっていて、私にも見せ、彼はまた、当時マルキシスト達に評判のわるかった私のサンボリズムの詩をほめてくれた。（私は彼の将来に大きな期待をかけていたが、獄死してしまった。）

その頃、私はまた下村正夫と親しくなった。そして遂にはほとんど毎夜のように、神楽岡の下の方にある彼の下宿にたずねて行くようになった。彼は東京の自宅から送ってくる甘いかきもちを鑵に蓄えていて、私達はそれをポリポリかみながら、夜ふかしをしたものである。下村正夫が私に与えた人間的影響は大きかった。清潔で純正な人間の価値を私は彼によってはじめて知ったのであった。彼は美学科に席をおいていて、田辺哲学から唯物論へぬけ出ようとしており、それはまた、私と同じ課題であったので、この点で私達は非常に固く結ばれたようであった。

二・二六事件、日支事変、そして、いよいよ弾圧は加わり、大学の校内を特高がうろつき、下宿を刑事がたずねてくるようになる。末川博士が朝日会館で祭政一致を揶揄し満場の学生が拍手を送る……しかし、一方、学校内にも満蒙研究会のような右翼学生団体が生れ、無気力な学内の空気がいよいよ無気力になってゆく。そしてこれから卒業までの二年間は全く暗い色一色にぬりつぶされている。人民戦線の展開、大阪神戸の革命的労働者との交流、そうしたことが行なわれる……。しかし、それは中絶する。そして、私の思想はなお、確立せず、私は、中野重治の「小説の書けない小説家」をよんで道をあるきながら、その主人公の泣くところを思い出して、私もまた泣くという風であった。この頃から中野重治の影響が、私の上に及び、それはかなり後までつづくことになる。心情的な鍛錬、心情の面から人生をきりひらいてゆく生き方、これを私はいよいよ暗くなってゆく学生生活の中で、中野重治の小説評論を中心にまなぶのである。

小ムイシュキン・小スタヴローギン

「私は立ち帰り立ち帰りしていた私の過去を吐き出してしまいたい。——私の前に一人の男が立っている。

車輪が欲しい、車の輪にまき込まれたい、その車輪の響きを自分は自分の体に感じとることが出来ると自分に言う。しかし彼はあの古の刑を思いだす。西洋の全量と東洋の全量とを、自分の両足にくくりつけられ、彼は二つに引き裂かれる。しかし彼はより多く西洋へ傾いているのだろうか。

彼には大雅堂が、牧渓が解らないのではないのだ……（解らないのかも知れないが。）解らないような顔をしたいのだ。『俺にはどうも大雅堂がわからへんなあ。』と。……宇宙の中心がある。そして歴史の中心がある。宇宙の中心と歴史の中心とが自分の中心で重なりあわない人間が、この時代の俺たちだ。しかし君達は宇宙の中心と、自分の中心としかもちえないのではないか。彼はこう考える。街を歩きながら、彼の友の二人が話し合っている。大雅堂のことを、しかし彼はその中へはいって行けない。彼のうちには全く別のものが動いているのだ。彼はその二人とは別の車にのっているのだ。『俺にはどうも大雅堂がわからへんなあ。』彼は言う。しかし彼は別の車にのっていて、通りすがりに『ちょっと、火を』と言われて、その二人にマッチを渡しているにすぎない。彼と友との間には、もはや通路がない。」

これは一九三六年末の日記の中の一節である。この標題は「黒い猫」となっており、その下に、「黒い猫それは歴史の逃走者だ」という言葉がある。ドストイェフスキーの影響からぬけ出そうとしていた頃の文章である。

僕は長い間、ドストイェフスキーのあの不可思議な力をもった掌につかみ取られて、いかにもがこうとも、彼のはる網のなかから外にぬけ出すということが出来なかった。一瞬にして世界の極から極へうつり行き、また引きもどってくるあの緊張。しっかりした足どりで魂の深みにおりて行く言葉。

午後の光が斜めに部屋の中にさし込み……スタヴローギンの眼の中にとまる一匹の小さい蜘蛛の体……蜘蛛は無心に網をはる……するとその蜘蛛をみつめるスタヴローギンの眼の中に、かつて、彼が少女を凌辱したときの光景がよみがえってくる。……そのときも同じように蜘蛛があみをはり、日は斜めにさしこんで……（いま、『悪霊』が手元にないので、あるいは記憶ちがいかも知れないが。）このような人間の意識の構造を究明しつくして、その上に組立てられた深い魅惑を含んだ場面に、僕は全くとらえられた。

僕もまた僕の友人すべてもドストイェフスキーにとらえられた。そしてドストイェフスキーにとらえられたときに、ひとの上に起こる一つの現象が僕等の上にも起こった。僕等はすでにそれぞれがドストイェフスキーの作品中の人物であった。（人物であるというよりも、人物になりたかったのである。）僕等は相手の眼の中をのぞき合った。そして奇妙な、独自性をほこり合った。僕は友人の一人を、小ムイシュキンとよんだ。特に小という言葉を、つけたというのは、大ムイシュキンでは、相手の存在を承認したこととなり、自分自身の存在が消えるおそれがあるからであった。すると相手は僕を小シャートフと呼ぶのである。そして僕等は互いに会うやいなや、打ち合った。一撃の下に、相手をうちおとさなければならない。一撃の下に相手の心をよみ取って、おさえつけなければならない。

「友による驚きがなくなるということは悲しいことに思える。もはやその友のいかなる動きにも、すでに予知できる部分があり、友が各々それぞれの位置を定めて、各自の間かくが一つの星座のように一定の形式を持つことによって、かつてお互いが感じ合った深い絶望とか、美しい讃嘆とか、烈しい身を揺るような嫉妬をともなう快い刺戟とか、突如として打ちはじめる感情の上での裏切りとか、思想に於ける秘術をつくした復讐とか、そうしたものが友との間になくなるということはさびしいことに思える。そして自分の友が次第にその内部の容積を一定にし、その友の中の人間がその内の光を放つ地域を限定し、次第に炎を失って行くのをみていると、云々」この日記の言葉は少しあとから、その頃のことを反省して書いたものである。「突如として打ちはじめる感情の上での裏切り」という言葉があるとおり、僕達はそれをしばしばやったのである。そしてこのような友人達との関係は、また、自分の恋愛のなかにもうつされて行った。するとそれはもはや愛ではなく、いわゆる「心理的かっとう」にすぎないものになってしまうのである。心理的かっとうのない人生には価値がないという思いが、心の中にすくうていて、すべてをそれが左右する。

当時、僕の中には、まだ宗教的意識が、たち切られることなく、残っていた。(もっともこの宗教的意識こそ、僕をドストイェフスキーに近づけ、彼のとりことならせたものであったが、それはまた、逆に、最後には、僕をドストイェフスキーから引きはなしたといえるのである。）僕は、宗教家の家に生れ、幼時より神仏を礼参させられ、そのために長い間、僕のうちには宗教意識が動いていた。僕はしばしば、神などはないということを、自分に言いきかせながら、その恐ろしさに、地獄おちをゆめにみた。僕は夜、くらい道を下宿の方へかえりながら、自分の足下が、にわかにわれさけて、そこに地獄の火がちらちらするのを、見たものである。しばしば地獄は僕のうちにやってきて、僕をひっつかみ、おびえ上らせ、汗でひたした。そして結局、このような地点で、僕はドストイェフスキーに結びついていたといえるのである。

宗教が僕の上にその強い強制力をふるったのは、全くその地獄をもっているということによってであった。そしてこの地獄はいつまでも僕を苦しめた。全く神とか仏とか、そうしたものが、僕のうちになくなってしまったときでさえも、地獄だけが、あとにのこって僕の心を支配したのである。そしてそれは、もはやただ圧迫としてのみ僕の上にはたらいていた。それ故、僕にとっては宗教は人間をただ抑圧するものとしてあり、ドストイェフスキーが、人生の解決を宗教に於いて果たそうとするとき、それはたえがたいことに思われた。

僕がぬき書きした日記の後の方を書いた頃は、その文章からもわかるように、まだ、ドストイェフスキーの許から、完全にはなれ切ってはいない。ここには意地悪い調子が流れていると僕には思える。それはなお、友を相手どって、書かれているものである。

「神は死んだ。」というニイチェの言葉が、その後、僕の上に重味をもってくる。僕一人の力では否定しきることのできない宗教意識をたちきるために、僕はあらゆる思想の力をかりた。

布施杜生のこと

この雑誌（『短歌主潮』）の編集者から布施杜生のこの毛筆の原稿綴（『鼓動短歌抄』のこと）を見せられたとき、僕の心はふるえた。すでにこの青年の苦しみの限りをかきつけた人間の生命は、この世のものではない。それは奪い去られたのだ。この数少ない歌の中にさえひらめきのようにのぞいている、そして、やがて、（やがてというよりも、もう、それこそ、このままただ一歩前へ歩むことによって、ただちに）美しい結晶をつくり上げたにちがいない彼の才能は、これらの歌を彼にかきつけさせた汚れた人たちの手によって、破壊されたのである。人間の価値を見る眼をもたず、これらの尊い苦しみをただ薄笑いをもって眺めたにちがいない人たちの手によって。

彼は、僕の『暗い絵』のなかに登場して来る人物の一人である。勿論あの小説は事実の通りではなく、そこに登場してくる彼も、また実在の彼ではない。彼のような人間を書くためには、幾冊もの書物が必要であるし、その作者には彼自身を必要とするのである。しかし今日彼がもはや存在しないとき、彼にもっとも近い彼の姿をつたえ得るものと言っては、僕をおいては他にないにちがいない。

というのは、僕たち二人が、はじめて友を介して交わりを始めたとき、僕は一目にして僕たち二人のなかにあるものが、互いに互いを呼び合うのを感じとったのである。勿論そのような感動は彼のなかにも起こっていたようであった。彼は、あの首を少し前へさし出すようにして歩く、うす気味の悪い体を僕の体につきよせてきた。

京都の大学のことであったが、当時僕は詩人竹内勝太郎に導かれて、フランス・サンボリスムの影響をうけながら、詩をつくっていた。勿論それらの詩は、「現実を歌っていない。花や山や雪などを歌うのではなく、詩の主題もまた、現実の貧困、人間関係でなければならない」と主張する友人たちによって一笑にふされていた。そして布施杜生のみがただ一人、それらの僕の詩の中に、価値をみつけてくれたのである。彼自身詩作をし、彼の詩もまた、いわゆる「現実」を歌ってはいなかった。ただ彼は当時の僕とはちがって、サンボリスムに満足せず、さらに自由な言葉を求めて進んでいたのであるが。そして僕たちの交流が始まった。

しかし僕たち二人がもっとも深く互いの魂の交換をし合ったのは、僕が学校を卒業して職についてからであった。彼の方はまだあと一年学校にいなければならず、その間に学生運動と大阪地方のコミュニスト・グループとの連絡を担当して検挙されるに至った。そして僕が彼の差入れを引き受けたのである。彼からは週に一回必ず、封かん《ヽヽ》葉書にちびた毛筆でかき込んだ、ぎっしりつまった便りが来た。僕はその葉書が来るのを待ちのぞんだものである。僕はそれが三十何通かたまったことをおぼえている。僕等はその中で、万葉、万葉以前、アララギを論じ合った。そしてまた、互いに互いの詩論を展開した。すでに日支事変の三年——四年目であり、彼の検挙によって僕自身の属している大阪のグループが危ぶまれ、僕は、僕の順番が来るかも知れないと恐れながら、彼の差入れを最後まではたすことができた。僕はときに、京都の三条の裏手にある刑務所にも出かけて行って、刑務所前の差入屋に注文した。書物は、ブルックハルト、短歌俳句集、岩波文庫、そのようなものをえらんだが、最後に学生時代に愛読した道元の『正法眼蔵』（上下）を入れた。これは非常に彼の気に入ったらしく、その後の彼の手紙にはつねに『正法眼蔵』のなかの言葉が引用されていた。彼の歌の前書や、歌そのものの中に、道元の言葉がでてくるのはこのためである。

僕はいまもはっきり思い出すが、赤彦の「信濃路はいつ春にならん夕づく日入りてしまらく黄なる空の色」という歌を、いいとして手紙でかいてやったところ、彼は、君のおちついた価値基準をうらやむ、俺の歌はとてもそのようなにじむものがでないと言ってきた。

彼の愛慾の歌を僕が知ったのは、彼が執行猶予ででてきてからだった。彼はでてくるや、すぐ翌日僕の家へやってきた。彼は非常に元気で、今後は文学の勉強を主としてすると言い、何から始めるかという問題で、結局、窪川鶴次郎氏の『現代文学論』からやろうかというような話をした。そのとき、彼は獄中の手紙を全部まとめたいからかえしてくれと言ってもってかえったが、やがて、すべてを原稿紙に浄書して、短歌集と、獄中日記の二綴にし、読んでくれと言って置いていった。そのときはじめて僕は彼の愛慾生活を知ったのである。彼のその愛の歌は僕に強烈な作用をした。僕のところに置いて行った短歌集は、現在僕がこの雑誌の編集者に見せてもらった『鼓動短歌抄』とはちがっていて、彼の性生活を一つ一つおくすることなくはっきりと書きつけてあった。彼は自分が性的な異常者であるという考えにつきまとわれていて、それで始終苦しんでいたが、最後には、そのような彼を愛する女性（それは当時彼の友人の妻であった）と結び合うことによって、自分のそのような考えをつき破り、立派に自分を解放し自由な人間として行ったのである。それらの歌の中には、恋人と山辺をさまよい、その野っぱらで行なった性交や、その回数などさえが、力強く歌われていた。彼は日本武尊の歌やその詩人としての生き方に強く打たれていたので、自分の恋人のことを熊襲乙女と呼んでいるのであるが、この熊襲乙女という言葉は僕自身に非常な衝撃をあたえた。当時僕は、自分と女との関係を、整理する術を知らず、性欲に対する嫌悪と、それによる誘引との間にゆれ動いていた。そして彼の歌によって、はじめて眼をひらかれたように思ったのである。

　僕が預っていたその短歌集は、その後、返してほしいというので返したが、何処かで失われてしまったのであろう。あのような苦しみの歌が、如何にしてそれにふれた青年を救うものであるか、僕はいつか、それを書きたいと思っている。彼はその他文芸評論を書いていてそれも僕にあずけていたが、ルネサンスを論じたもので非常にすぐれた彼の感覚を証明していた。

　彼のもとの短歌集は失われ、さらに獄中記は失われ、さらに残念なのは、彼の書いた詩作品の失われたことである。殊に、彼が、「鶏」を歌った詩の、いまないということは、あの詩をよんだときの感動がいまに到るまで僕の体のなかに痕跡をのこしていることを考えて、言う言葉をもたない。現在では如何に正確に思い出そうとしても、彼のつくり出した言葉を再現することなどは出来ない。ただ、その詩のなかに、「さかしまの時の流れ」という言葉があったのだけが思い出される。それは、鶏ふせ籠の中で、鶏が時をつくる詩である。あけ方、その鶏の声がひびくとき、時はさかしまに流れる。……僕はこの詩をよんだとき、あの映画でみる、とうまる籠を思い出した。とうまる籠に入れられて送られてゆく幕末の志士たちのことを。そして、布施や自分自身が、その鶏であると思ったのである。

戦争の流れのなかに流れてゆく時は、さかしまの時の流れだと歌いあげる籠の中の鶏。僕は彼のその詩を、激賞したことを思い出す。すると、とうとう、彼の余り大きくない眼から、涙がでてきた。「俺にも詩が書けるか」と彼は言った。「僕の詩よりもはるかに君の方が強い」とそのときは言った。確かに、彼は僕などの及びもつかぬほど強靱で、太々しい偉大な文学をつくり上げるべき人間であった。もっとも、彼も、僕がはじめて会った頃は、非常に弱々しい感じの人間であった。久保田正文君から彼の高等学校時代のことをきいたとき、彼はさらに一段弱い人間であったというような感じがした。そして実際、彼ははじめて検挙されたときなどは警察の階段を上りながら、ぶるぶる膝をふるわせているというような状態であった。彼は自分のそのような弱点を、自分でよく知りつくし、次第にそれに打ちかっていったのである。そして現在から考えてみるならば、僕達のグループの多くの人間のなかでも、彼はもっとも強靱な人間になったと言うことができる。最後に彼が検挙されたときのことは僕は余り知らないが僕の最も親しくしていた労働者出身の革命家の話では、彼の調書が、一番すぐれており、かつ正しかった。そしてその入所中の態度も立派であったとのことであった。彼は貧困にたえていたので風さいは上らず、さらに一風かわっていたので、彼が当然受けるべき尊敬を、仲間のものたちからは、与えられていず、むしろある意味では軽視されていたのである。しかし、それらの彼を馬鹿にしていた人々こそ、次々と、その醜態をばくろし、人間と思想の一致が、如何に困難であるかを示したのである。しかしそのような仕方によって彼が自分の価値を証明しなければならなかったということは、日本の不幸である。彼こそ、今日の日本に必要とする人間であり、現在こそさらに偉大な彼の価値が展べられるべき時代であったのである。彼の歌をかりるならば「正当恁魔の時代が現成し来るらしい今こそわれは正当恁魔の人」なのである。

僕の前には布施杜生がいる。そして僕のなかに生きている彼の魂と共に僕は生きなければならない。

詩に於けるドラマツルギー

現代に於いては生産機構の過去のあらゆる転換に際してと同じように、さらに言うならば、それ以上遙かに大きい規模に於いて、精神的生産およびそれに伴う幾多の芸術的表現は、すべて、その倒立の状態から正立の状態へと立ち帰ろうとしている。あらゆるものが、世界史の舞台に姿を出し、消えて行く、――市民社会の後から、一つの大きな統一的社会が顔を覗かせているのと同じように、詩も、世界史的の一の詩の本流的流れの中に、各自の流れをそそぎ込む。

前世紀の頃までは、世界精神は、なんら物質的基礎なく、あらゆる知性がそれにすがりつこうとしていた一の虚名にすぎず、一の社会（あるいは時代）は、単に前時代の一の社会（あるいは時代）、それとも、せいぜい、数世紀、あるいは十数世紀前の一の社会（あるいは時代）に遡り、自己を自覚するのみで終っていた。――あらゆるものが、大転換の曲線《カーヴ》の中に動こうとし始める。そして、絶対精神は、世界の物質的亀裂の上に、あるいは、社会の割れ目の両岸に懸る、眩暈しい虹の美しさとして粉微塵に飛び散り消え失せた。

ここに、人々は、再び、新たに大地に足をつけ始めるのである。もちろんこの大地は、かつてホイットマンの讃えたあの大地ではない。あの単なる「人間」という大地ではなく、その大地の上にさらに新たな何ものかを附け加え、自分のものにしている大地なのだ。歴史はすでに、大地の意味をも在り方をも変えてしまった。これは単に、あらゆる人間を抱きとり、そのまま一挙に解放し、生かそうなどとする大地ではない。これは、そうした大地が、大地などではなかったと証明するために表われて来たとも言い得る大地なのだ。あのホイットマンの巨大な体を吸い込んだ大地が、自ら二つに裂けてくずれ去っていたことを私達に示すのが、この大地なのである。

これは社会の割れ目を塡《ふさ》ぐ鉄の溶流のような物質的な流れであり、あらゆる空想の草々の根を枯しつくし、どろどろと、都会の底を流れて行くのである。そして、この物質的な力の流れ入り込んでゆく都会にしても、それは、もはや、ヴェルアーランの詠った「触手ある都会」、混濁と汚辱のみが流れ、渦巻いている都会ではない。都会もまた、この新しい意味を、在り方を見出さなければならない。この都会に於いて、すべての人々は、世界的断層に住み、その断層を埋め尽してゆく一つの新しい空気、世界に共通した物質的な力から立ち上る空気を呼吸している。そして、人々の前には、社会の傷が厳然と存在し、何千万年かの年月を用いて成立した社会の底がその傷口に露出され、ここに、人々に宇宙的自覚を強いているのである。人々は、更に新たな自覚の在り方を摑まなければならない。現代、人々は、いわゆる自然の中に宇宙の力を感じるというよりも、むしろ、社会の中に、宇宙の巨大な発展力を見るのである。自然、いわゆる自然的存在も、社会の中に落ち込む滝の一つにすぎないとも考えられる。社会は宇宙の発展の最高の尖端であり、宇宙の中心である。すべてがここに集り、すべてがここから出て行く。こうして、私達の前に、宇宙は、その最も深い底を、社会という姿に於いてみせているのだ。私達は、その宇宙の底とも言い得る「社会」に在って、宇宙そのものの物質的、精神的働きに合するために、自覚を持つ。私達は、社会の割れ目に於いて、社会の割れ目に見える宇宙の姿、社会がその傷口を開いて、そこに見せるその姿に於いて、この社会を、改めて摑み直して行くのである。このこと以外に、私達の真の宇宙的自覚は求めることは出来ない。

私達の前に、新たな自覚が姿をあらわす。新しい認識は、常に、こうして、社会の最深の底を、実践によって突抜けることにより生れて来るのであると言わなければならない。そして、芸術をも一の認識の働きと見る以上（認識と言っても、もちろん、単なる知的のものとは解しない。一つの生活の仕方なのだ。）詩も、この社会の中に生きてゆきながら、いかにこの社会を把え、いかにこの社会の発見を見、いかにこの社会の動いてゆく動きを進めてゆくかによって、あるいは、新しく正しく、あるいは、全くその反対に於いて、宇宙的反省に加わることが出来るか否かが決定されるのである。

単なる地盤のない絶対精神のように抽象的なものではなく、あらゆる過去の精神を集めながら、世界に充ち拡がろうとする精神を、その肉体的物質的地盤の上に所有している階級が現実的に存在し、詩の領域の上にも、一つの新しい息吹をふきかけている。私達は、それによってのみ生命を与えられる。何故と言って、それのみが直接、宇宙と交渉し、宇宙の力を握り、宇宙の火を受け継いでいるのだから。詩も、こうすることによって、その真の物質的基礎を持って来るのだと考えなければならない。詩は、ここに始めて、世界史的のものとなることが出来るのである。宇宙の発展してゆく力の火を奪い取り自分のものとするのは、この時でなければならない。

この時、始めて詩はその原理に立ち返るのである。その原理に立ち返ることによって、さらに高い段階へと進んでゆくのである。原理に立ち返るということは、また、詩がその物質的土台を取り返すこと、生活の基礎を得ること、詩の歴史の正しい線に位置を占めることを意味する。詩が、詩の歴史の地盤に足をつける、さらにいうなら、歴史の中心的流れに入って行くことを意味する。社会の断層を埋め充すはげしい物質的宇宙的発展の力を詩が映し出すことを意味する。

詩は、ここに於いて、その現実との関係を新たにしなければならない。新たにすることによって、一歩拡がりすすまなければならない。詩の何千年間かの歴史を真に受けつぎ、詩をして、真の詩としての形をとらせ、内容を持たせることの出来たのは、近代フランスの詩の発展であると考えることが出来る。そして、それらの多くの詩人達の努力が、私達に残していった帰結としての詩から、私達は、詩の姿を正しく摑み出すことが出来るのである。宇宙をその外部に持つのが散文であるに反して、宇宙内容を、その内部に持つものが詩である、というのが、この帰結としての詩の姿なのである。詩を、彼方の世界に置こうとしたものにキーツがあり、イギリス・ロマン派の詩人達がある。この詩人達の打ち立てた理想は、現実との真のつながりをもたず消えて行くことはいったが、詩が、詩としての働きを働こうと動き始めたのは、ここに起りを持つと見なければならない。そして、ほんとうの意味に於いて、詩を詩としたのは、フランスの象徴派であったと言える。そして、詩と散文との間に、はっきりと線を引いたのは、このときの詩の発展によったのである。このとき、詩は、その自己の真の詩としての発展のために、現実の世界を犠牲にしなければならなかった。あるいはまた、詩が、真の詩の領域を見出すために、詩は、散文が現実と関係する関係の仕方を詩のうちから捨てきってしまうために、かかる、いわゆる、現実（le monde actuel）を犠牲にしなければならなかったのである。

逃走！　彼方への逃走！

こう、マラルメは、現実の世界からの逃走を求めながら、詩の確立を試みようとしたのである。詩のそれ自体としての完結性が、打ち立てられてゆくのである。詩は、こうして一応は、ここに現実を捨てたのだと言えるとしても、これこそ、詩が詩としての、その現実との関係の仕方を得るために経なければならなかった一つの段階であったと見られる。事実、ヴァレリーに至って、現実を取りかえそうとする。しかも、それは決して、単に現実がその主題となり、現実がその一の要素になるという、ランボオの現実との一の関係の仕方に於いてでなく、それはどこまでも、詩に於いての、美の建築性、美の増大性、（これこそ、美の形而上学的なものの反対なのだ。）の探求に於いてであったのである。このとき詩は、散文が実体に向う向い方とは全く別な向い方に於いて、実体をとりかえすのだ。これこそ詩の、あるいは美の歴史性の意味でなければならない。（美の歴史性とは、単に、美がその一の時代に於いて、時代的に限定されるということを意味するのみではなく、美は歴史的に増大し、その結晶量を増し、量的に高まることによって、さらに質的にも高度となってゆく、その美の過程的な性質をいうのである。）

詩は、宇宙内容をその内部にもつものであるという。この散文との対比こそ、私達が象徴派からとり出すべき一の功績であると思える。ここに於いて詩は、その対象、それにまといつく言葉、響き、さらにそれらの呼び出す姿、形、それら一つづきの体系を一変したのである。詩は、詩として、始めて新しい出発をすべきであり、またその出発をしようとしたのだった。しかし、その下ではすでに大地が崩れ始めていた、そして詩もそのことに気づいていたのだ。ここに竹内勝太郎の位置が見出されなければならない。

詩の詩としての真の働きを見出すために、象徴派の詩人達は詩の客観性を、蔑にし、無視したと言うことができる。あのヴァレリーにしても、この動きにもれないのである。そして、詩に、詩としての客観性をもち来そうと試み、それを成就したのが竹内勝太郎であったのである。

詩は、宇宙内容を自分自身の内部にもつのである。詩の客観性ということは、これによって根拠づけられたのである。そして、ここに始めて問題として姿を表わすものが、詩におけるドラマツルギーであるのである。

ここにいうドラマツルギーとは、劇作法という意味とは別の意味に用いられなければならない。このドラマツルギーとは、劇の性格、あるいは、劇の気分、その他の意であり、この性格こそ、ひとたび、詩の歴史に於いて、詩の色、光、響き、一言にしていえば、詩の肉体を通過するとき、真に詩を発展させ、詩の真の性格となるところのものである。竹内勝太郎が、詩の発展の線に位置しながら、客観性の要求に於いて、劇の性格を求めるとき、それは、こうした意味に於いての、詩を真に詩とするドラマツルギーであったのである。そして、このドラマツルギーに於いて、「セルパン」の詩人と「水蛇」の詩人との間には、一つの大きな深淵が（それは、パスカルの用いた深淵以上のものだ。）存在すると言える。そして、この「水蛇」の詩人、竹内勝太郎に於いても、その詩が、その客観性を獲得し始めたと見なければならないのは、彼の作品、「黒豹」以後に於いてであり、むしろ「鷹」以後に於いてである。ここに、詩は宇宙に面し直すのである。そして、この宇宙のもつ劇的性格によって、彼は、逆に、詩にドラマツルギーを求めさされるのだと見ることも出来る。そして、宇宙の底にある劇的体系とも言うべき動きからふき出るものが詩だ、そして詩の客観性とは劇に於いてのみ求められるものなのだ、劇とは宇宙に動きゆく力そのものの、文学的表わし方にすぎないのだとして、詩としての劇を彼は求めてゆくのである。

しかし彼の求めた劇は、どこまでも宇宙を存在としてみる劇であった。彼は、宇宙を時間と空間の織り出す劇と見るにすぎない。そして「鷹」は、宇宙を空間の側からとらえ、「氷河」に於いては、宇宙を時間の方向から摑み、竹内勝太郎は、この二つの上に、かつて見ることのない巨大な姿をあらわす。しかし、それはどこまでも存在としての劇であり、ここには、宇宙の真の在り方としての過程としての劇が姿を見せない、こうして竹内勝太郎は、その中に詩の発展の歴史を見失ってしまうのである。竹内勝太郎は、詩に客観性をもたせ、詩に現実を取りかえした。いかにして、その人が道を失い、あるいは道をそらせるに至ったかを私達は見てゆかなければならない。その一つの試みのため、ここに私達は、彼の「鷹」を取り上げる。

いんいんと鳴る真白の雪の厳しい空気

私達は、一挙に、宇宙の最深の底へ達するのである。詩という一の穿孔機によって、深い穴を開けてゆく錐の磁性の匂いが周囲をとりこめる。私達は、彼の巧みな導入法にのって、各自の体のリトムを、この宇宙の底に脈打つリトムに合一させせざるを得ないようにさせられる。私達の前には、宇宙の構造が、大胆にも、塊りのように、あるいは、塊りと塊りの集まりのように、ひろげられる。そして、偉大な詩のもつ言葉の素朴さ。

先ず、三つの塊りが、ドラマツルギーとしてとり上げられる。山の塊り、鷹の塊り、そして、蝿をとりまくものの塊り。これは、宇宙を、空間の面から解体し、形として表現し、組立てようとしたその構成法によるのである。ヴァレリーが伝えていた、あのヒューマニスト達の美の把え方、美の建築性、増大性を、単に、ヴァレリーのように、内容としてのみとらえるだけではなく（「海辺の墓」）その建築性そのものを、こうして、詩の形の上に於いても、摑み出して来ようとしたのであると言える。他の学問の言葉を用いるならば、山は普遍を、鷹は普遍を把えることによって自覚し存在する個物を、蝿は、この二つのものの間に振幅をもつ、人間の自覚の動きそのものを、示すとも言える。そして、この三つのものが、厳密な構成の上に宇宙の在り方を示すのである。

先ず山が来る、次いで鷹が来る、そして、蝿が。これが、「鷹」の始めの三連の構造なのである。竹内勝太郎は、こうして、人間の認識の歴史の中に於いて、さらに前進を行ない、穴を深める。その穴の上に開き輝く、幾多詩人の眼。ホーマー、ダンテ、シェークスピア、キーツ……ヴァレリー、万葉の歌人。この大きい人類の複眼。その複眼の中の一個の美しい眼、それが竹内勝太郎の眼である。宇宙に、激情をもって、民衆の感情を背負って穴を開けてゆきながら、宇宙を覗き込んでいる眼。ヨーロッパとアジアの眼。この眼の見ている宇宙の底、そこに厳然と、鷹が松の葉を嚙み、この眼を両眼にはめて、眼の下を据えている。

次の三連は蝿から始まる。そして鷹へ、次いで山へ。こうして、三つの塊りが、各自の宇宙的在り方を身につけ、ここに、詩としての客観性を打ち立てるのである。

蝿の姿をみよう。硝子をなめる蝿の姿を、ヴァレリーもかつて、「自我」と「非我」との間の対立を表現するものとして示しているが、(「パスカル論」)この蝿こそ、行為なき自覚の位置をあらわすものと言ってよいのである。人間の体の中に巣食う無数の蝿の翅の力弱いよろこび。蝿のなめる硝子とは、厳しい山の雪の肉体のほんの一の破片《かけら》にすぎない。冷然と見下し避雷針をつたう電気にその鋭い眼をみがき、山そのものを己がものとする鷹。この蝿であり、鷹である。しかも、そのいずれをも包みこむ、絶対の無の宝石。雪の山の照り返し。

思想が、塊として風景に凝結されているのが、この詩である。最後の三連に於いて、それまで、山、鷹、蝿と、一つ一つ一連ごとに、別々に、登場し姿を表わしていたこの各々が、最後の頂点として、あるいは、存在の真の在り方として結び合い、交りあい、登場し、鷹の宇宙的自覚そのものを私達にみせるのである。そして、登場という言葉がほんとうに似合わしいほどにも、ここには、劇の性格が詩の性格に転化しきっている。

こうして、詩の客観性の獲得へ行きつきながらも、どうして、竹内勝太郎は、山と鷹との働き合い、さらに言うなら、鷹のいう宇宙的自覚を、「絶対の無」などという言葉に於いて表現しなければならなかったのであろうか。そして私達は、こうして、「鷹」に於いて、未来がもぎとられていることを見るのである。私達は、宇宙的自覚の移り行く過程を、ここに、打ち捨ててしまわなければならない。この過去と未来が白熱し入り込むこの永遠の現在は、歴史的に移動してゆく軸を持たないことによって、宇宙の発展的力を、表わしだす能力を欠いてしまうのである。「鷹」、――一般者を、歴史の動いて行く地盤に於いて摑むことを知らないこの鷹。一般者を、歴史の下敷きにしてくだき、そのとびちる光を、ついばむことを知らない、この見据えることのみのある鷹。傲然と空間を背負う鷹の真下に、歴史的に裂けている社会によって割れひびる山。この竹内勝太郎のすぐれたドラマツルギーをも、現実に於いて、悲劇のドラマツルギーとしながら、動いて行く宇宙の大きな力がある。それこそ「鷹」の中に、わずかに、きらめく避雷針として姿を表わしている宇宙の力であり、社会という形に於いて、もっとも発展し転化してきた宇宙の力なのだ。そして、この竹内勝太郎が、詩に於ける客観性を追求してゆかなければならないようにされたのも、また、この力の働きであり、また、竹内勝太郎の宇宙的自覚を粉微塵に打ちくだいてしまおうとしているのも、この力に他ならない。この「鷹」の羽毛をはぎとり、真に鷹を鷹とするものを求めよう。

詩は歴史の眼である。人間の動きを、水晶体として持つ眼である。これは、もっとも、歴史的に進んでいる屈折力を持たなければならない。そして、また、宇宙の源のさかせる花だ。宇宙の樹液が、圧し上げている花だ。宇宙の樹液が、社会という土に咲かせる花だ。これは、社会の花びらであり、生産機構の香りがここに渦巻く。詩に於けるドラマツルギーを問題とすることによって客観性を得た詩は、さらに、一歩すすまなければならない時機に面している。即ち詩は、劇の性格を自己のものとしたのだ。ここに、詩は直接現実にぶち当る能力をそなえたのだ。そして、詩は真に詩を詩とするであろう現実を、取り上げるべき時に直面しているのである。

註　僕の詩及詩論は「君の肉眼の上の一噴きの涙は」と「前進感覚」を除いて、同人雑誌『三人』に書いたものである。ほとんど昭和十年以前のものと言える。詩人竹内勝太郎によって導びかれて後、自分で切り開いたものである。ただし詩論はヴァレリーを受けつぐ竹内勝太郎のサンボリスムから実践的なものに脱出しようとして、しかもその作業が時代的に急を要したのと厳密なロジックを持っていないためかなり強制的なこじつけがあり、殊にそれが未だ日本に於いては余り知られていない詩人竹内勝太郎の詩作品に沿うて展開されているために、理解に面倒な点があると思う。竹内勝太郎の詩集には、現在『明日』『春の犠牲』等があり、他に詩論集がある。

虎の斑

竹内勝太郎が去ってすでに六年にたる。しかもなお日本の思想の世界はその存在が放っている一つの高い精神の圏——大いな闘争と大いなやすらぎを共にとらえている圏にくぐり入ることを知らない。余りにも偉大な創造にいそがしいため、幾分角のあるままにこの人が使った言葉のなかに力強くみたされていて、今後いかにしても日本がその新たな言葉の営みの高さと聳さに触れなければならないと思えるあの凄じいばかりに美しい生命の発火力、またもっとも柔らかいが故にもっとも堅いひとの魂の奥を開いて、不思議な魂の交りと生長をもたらす優しいにじみ通る心情の高貴も、いまはまだとざされたままに幾らか暗くしかも決してその快さを変えないで置かれている。

彼は文学史から孤立しているように見える。私共は余りにも文学史形成の方法について知っていないから。ほんとうはこれまでの文学史が彼から孤立していると言い直さなければならないのである。彼は文学史を変更せしめるのが常であるあの偉大な作家達に属しているのであるから。そこには世界文学史的にのみようやく名づけ得る数個の方向があり、それ故に現在までに書かれてきた日本文学史および文学運動史がもつ価値の基準や領域の展望に測られもせず、また入りもしない奇妙な孤立がみられるのである。そのことについては彼が明らかにしまた全然その意味さえ変えてしまった文学上の用語や操作やその他幾多の重大要素のなかから、いま思いつくままに一つの言葉を取りあげてくるだけで十分示されるだろう。例えば、喜劇というものに対する彼の考え方がそれである。評論家はここから文学の全く新たな方法を取り出してくることが出来るはずである。私にはむしろそれが今後の文学の唯一の方法とさえ思える。というのは、彼の喜劇とは、歴史を客観化する原理であるのであるから。彼はあの透明な笑い、人間の悲しみをもつつむ高い透明な笑い、神の笑いを自分のものとして把える。それは宇宙生成そのものの笑いであり、常に人生の深みをくぐりながら深みに溺れず横断して来る笑いである。私はよく竹内勝太郎が、何故ダンテやチェーホフがその神曲や劇をトラジェディと名づけずしてコメディと呼ぶのを好んだかについて語るのを聞いた。当時私はなおパスカルやジイドにとらわれていて、この絶望を克服し得る唯一の感覚、神の笑いをなおしらなかったのであったが。

ひとはこの孤立を悲しむことはいらないと思える。それは決して文学史的な孤立でもなければ、価値体系からの離脱でもないのであり、むしろすでに色褪せて偽りの人生に対する媚となり行くものからの孤立であり、閉ざされた文学史にとどまるものからの離脱であるのだから。

凡てを圧しつぶし、呑みつくし……数千万年が一瞬に飛び去る喜劇の空。（「氷河」）

そこには芭蕉がいたし、杜甫がいたし、シェークスピアがダンテがいた。そしてそれらは、芭蕉や杜甫やシェークスピアやダンテがその生きていた当時、言ってみれば炎のようにあったのと同じように、竹内勝太郎の中で炎の不思議な組合せをつくっていた。私はそれらの炎がいかなる仕組みのなかに組み合わされていたのか、またいかにしてそれらを炎のもえさかる状態のままで把えていたのか、またそれらの炎をいかなるところまで運んで行ったのかなどについて評論家が明らかにしてくれることを望んでいる。しかし、当時、いわゆる近代文学という名に執着していた私には、竹内さんの口から、こうして自由に、それぞれ時代と国の異なった人々の名が飛び出し、彼が余りにも気軽にこれらの人々と往き来するのが不思議にも思えていたのであった。

それら幾多の偉大な人々がこの中のいかなる部分で出会うのであろうか、いかなる場所でそれらの頭がなおも機能を動かせたまま炎に包まれて呼び出されるのか、私にはまだ解っていなかった。そして、ある日、私はそれを示されたように思った。私は彼に思想の手ほどきを受けた少数の幸福者の一人として、このことについてここに書き誌しておかなければならないと思う。もちろん、彼がいつもの籐の長椅子にもたれながらあの香り高い煙草の匂いを放ちながら、私達の幼い問いに対してじつに根気よく、暖い気持を失うことなく快げに導きを与えてくれたとき、彼の傍にいるものが感じ取ったあの精神の爽かさ――その感じをこれ以外の言葉で表わすことは出来ない――をここで再現することは到底できないであろうが。彼は真理は人間（人格）のなかにあるというあの東洋的な考え方をまこと思わせる稀な現代人の一人であり、しかも彼は人間の朝であったのである故、彼の人間を再現せぬとき彼についてのいかなる文章も欠けるところがあると言わなければならないのであるが。

それは七月の頃であった。空ははっきりと青く、暑さをものの上に加えていた。京都の静かな街路には黒い街路樹の影が幾つも重なり合って揺れ、眼にきつかった。私は恋愛か思想か何かに解け難いものを感じていたが、夏の好きな私は暑さの中に生命を幾分とりかえし、また苦しみの故に半ば力に満ちていた。そんなとき私は竹内先生と二時間ほどの時間をともにしたことがあった。

　私達は何の話をしたのかすでに忘れてしまった。多分私はどうしようにもない、ひとところにとまってしまって一つの言葉より動かし得ない自分の詩を見ていただき、それについての批評をいつものようにしてもらったのだと思う。先生は詩の脚韻の重要さについて話されたように思う。そしてその脚韻が次の行の頭韻の感覚を引き出す、詩の中心のうねりについても、詩の中心軸がそれをとりまく四方の行へ放つ魅力ある不思議な艶と芸術のさそいこむあの快い悦楽の静けさなどについても。それは土曜日のことで先生は務めからはやく退け、生々とした感じがその大きな体をつつんでいた。私はそんな話をききながら、何か先生と共にいると感じるいつもの安心を感じていた。すると話が先生の最近とりかかっている詩の作品の方に移って行った。「ねそべっている俺のからだの上をはだしで踏んで行く虎をかいてやろうと思っている。」先生はこう言って、詩「虎」のモチーフについて話した。務め先の高い建築物の上で椅子をもち出して青い夏の空をみながら休んでいると、青いむんむんする暑さを含んだ空が何か弾力のある跳躍を自分の肌に加えながら、自分の精神のなかから一つの強力な力を引き出そうとしているのに気附いたと話した。そしてその自分の中の強力な力、あるいは自分のなかではなしに自分に沿うて有るその強力な力の感覚を見つめていると、それが突然自分を離れて空にあり、自分の上にのしかかってきたと話した。それが虎であった。虎の形をとったのである。夏の空の弾力が彼の肌からさそい出した虎の話を私はきいていた。私はその話をききながら先生の家へ来る道で感じた夏の力、私が私の周囲の樹木や空や街のくっきり浮き出たビルディングの線などに感じていた夏の力を思い起こしていた。そして夏の強い、自然のあらゆるものをそのもっとも伸びきった姿勢、あるいは伸びきろうとする姿勢のもとに確保しようとする力、そんな力のただ中に、語る先生がいるのを感じた。そして先生の精神の力がその力に重なっているのを感じた。
「斑の虎が斑をひるがえして俺の上にとびかかって来る。」という言葉で先生はその気持を語った。

屋根の棟高く安逸に寝そべる私の上の上に、
しなやかに弾力があり、
足音もなく歩いてゆく虎、
都会の上の夜の空に潜んでいる虎。（「虎」）

私は自分の体のなかにもその虎がいることを感じた。虎の斑が夏の青空の中にひらめくように思われた。それは虎の斑のひらめきであり、生々した思想のひらめきである。思想とはこの虎の斑のようにあるのであり、それは夏の暑い青空から竹内勝太郎の肌の上にとびかかって来たように人間にとびかかって来るのである。

うつし出す刹那の虎のまだらのからだ。

これ以外に思想の在りようはないのである。そしてこの時私は竹内勝太郎がよく話していたヒマラヤの山巓のきらめきのことを思い出した。それはあの巨大なヒマラヤ山脈の永遠の雪を頂いた山巓が遠く連なりそれがときに日の光をうけてピカピカと崇高に笑うように光るとき、それはある意味に於いて人間の人生観を変えるものであり、印度思想の永遠に対する考えのなかにはこの山巓のきらめきの影響がみられるというのであるが、私にはなおこの話がはっきりと自分の心におさまるようには思えていなかったのであった。私はこの山巓のきらめきを思い出した。何故ということもなかった。ただ虎の斑のひらめきと山巓の雪のきらめきを直につなぐような一つの稀な情緒が私のなかにつくられつつあったのであった。それは情緒であり、また直観的な理性でもあり、一つの思想を次のさらに広い大きい思想へとおしすすめるあの全体的な思想の展開力の一部が働いたのであった。私はあのヒマラヤの山巓の巨大なきらめきを思い出し、この山巓のきらめきを自分の肌の斑として着けて夏の空を音もなく押し渡って行く虎の不可思議な力、姿を思い浮べたのである。そしてすでにこのようにして、山巓のきらめきと虎の斑を結びながら、この二つの形象を支える思想をさらに一つの広いまた充実した綜合的な思想へ、また綜合的な全体的な形象へ推しすすめて行くやり方こそが、竹内勝太郎のものなのであり、それは論理に於いて推論が占めるような位置を芸術に於いて占めるのであり、竹内勝太郎が詩に於いて特にその形象認識の展がる姿を正しくし、確固たるものとしたことは、指摘されるべきことなのである。竹内勝太郎のこの象徴の推し進め方は評論家の重要な課題となるであろう。

私は竹内さんから、作品「虎」についてのモチーフと予想されたその計画の骨組みをききながら、これらのことを思ったのであったが、これらすべては全く一瞬の思いのことであり、私は自分があの広野を馳ける虎の野性の力をもって、ひらめきのように、自分の精神が襲われるのを感じたのであった。しかもなお、その襲われの感じがすぎたとき、私は私の中に一個の虎がすんでいるのを感じた。私の中に強力な、すべての障害を飛びこえながら、その飛躍の中に自分の前面にひろげられる光景の全景を前足に握り取るあの精神の完全な躍動へと私をみちびく生きものがいるのを感じたのであった。

ひとが一たびこうして竹内勝太郎の詩に触れて、各自の中にあの虎がいることを感じるとき、そしてこの虎と各自のもつ自己の関係をきわめるとき、そのときそのひとの現実とか歴史とかそうしたものに対する見方、考え方、向い方、むしろ生き方は変えられるであろう。そこには生命の方向に沿うてすべての対象を見る見方があるのである。そして現実と理想との距離はちぢまり、ひとつの全く新たな立体的な尺度によって測られるものとなる。竹内勝太郎はひとの理想する仕方を変える。

私は彼が理想を把える把え方、またそれを把えるイメージ、メタフォー、あるいはさらには象徴が行為的であり生命的であり、その理想を把えるイメージ、メタフォー、あるいはさらに象徴のなかの行為的なもの、生命的なものによって、現実の世界が裁ち切り得るし、またさらに現実体験が不思議に充実し、美しくされるということを言っているのである。

また彼はそれだけではなく狭く言えば感情の錬成のための幾多の美しいモデルをつくったし、感情の評価の新たな基準をもたらしているのである。さらにまた、それこそもっとも意義あるものと思えるのであるが、彼の詩が人間のあらゆる行為の位置づけを行なおうとすることである。あらゆる行為をそこに抱き取ろうとするあの神の実体を、そのまま歌いながら、一つの行為がさらに偉大なさらに美しいさらにまことをもった行為へと推し移って行く行為の連結、進行の場をあらわにしてみせるとき、私はあのフランスの象徴主義の明らかにした象徴の意義が全く変えられてしまったことを、ここにも感じなければならない。

私はいまもあの虎の斑のことを思う。この虎の斑が心にひらめかぬ限り、そしてさらにはこの斑が自分の肉体の斑とまでならぬ限りは、そして宇宙の生命力が吾が肌にもれでるというようにならぬ限りは、生きているのではないとしてこの宇宙の生命力の受容をあらゆる姿に於いて明らかにして行く竹内勝太郎の生きる道が、また私のただ一つの道として私の前にあるのを感じるのである

『暗い絵』の背景

小野義彦が、『学生評論』(一九四七年秋季号)にかいた「学生無名戦士の思い出」は、非常に大きな意義をもった文章である。私はこの文章が、もっと多くの学生・青年に読まれ、このような戦争に抵抗したたっといい一つの生命が、私達の前にのこしているものを、あますところなく学び取り、再びこのような、おしむべき犠牲を出すことなく、その向うに前進して行かなければならないのではないかと考える。このような大切にすべき体験は、日本の各地に、いろいろな形で、たくさんあった。しかし、いつまでも、それを戦争中と同じく孤独のままにうめておくということは、再び同じような孤独の出血をつくり出す原因になるにちがいない。そして、私は改めてこの小野義彦の文章に多くのひとの注意を引きたいと考える。私は最近、当時神戸の、人民戦線の責任者であった矢野笹雄に会って、特に、このことを強く感じた。それからまた、この小野義彦の文章が、当時の革命的学生の非合法組織である京大ケルンを中心として書かれているために、同じ時期に、労働者を中心とした運動のなかに展開された人民戦線についてふれるところが少ないのを残念に思ったので、私は京大ケルンよりもむしろその労働者の人民戦線の側に立っていたものとしてその方から、この時代をつかむ一つの視点をノート風に、エピソードをたぐりよせながら出してみたいと考える。

学生時代、私は二人の労働者と友人になりこの友情は今日、もはや如何《いか》なるものとも、かえることのできないようなものとなって、つづいている。私達三人は、余りにもよく、くっつき合っていたので、他の人達から、羨《うらやま》しがられたり、また特別扱いをうけたりした程であるが、当時私は、なぜ、それほど三人が互いに、ひき合い、別れがたく結ばれ合うのか、考えてみて、はっきりわからなかったことを覚えている。しかし、今日から考えてみれば、やはり三人は、人間として互いに欠くことのできぬ要素をもっていて、互いに他を補足し合っていたのである、町工場に身を置いていた旋盤工羽山善治の理論、川崎造船所のミーリング工で全評に属していた矢野笹雄の組織、私は一番能力が小さかったが、芸術による人間認識。私はこの二人の友によって、広い領域につれだされたのだ。それは、ちょうど第七回コミンテルン大会の決定、ディミトロフの「人民戦線」の報告が海をこえて、はじめてアメリカからもたらされた頃なのだが、矢野、羽山は、この人民戦線の日本に於ける、もっともはやい組織者であった。

ディミトロフの文書は、昭和十年十月、日本にはいってきた。そして十二月、党関西地方委員会でスターリンの統一戦線樹立のために、これを中心にして論じ合うこととなったが、統一戦線を樹立するにあたって、まず神戸市委員会を再建するか、どうかで二つに意見が分れてしまった。五対一で再建説が否定されコンミュニスト・グループのままで出発するという決定が行なわれたのである。そして、十一年三月、阪神の人民戦線が提唱されることになった。私が矢野と会ったのはちょうどこのときであったが、小学校時代からの私の友人、羽山と矢野とは親友であり、羽山は、その自慢の友である矢野をどうしても私に会わせなければきかなかった。羽山は矢野を大切にしており、まだ学生であった私を、また同じように大切に取扱ってくれ、私達を会わせることによって、「何ものか」を生むことができると考えていたらしい。もっとも私は、この頃自分の内容が充実していなかったにかかわらず、非常に自負の心をもっており、それは、ときに羽山の心をいらいらさせたようだったが、とにかく彼は、私をこの上なく大事にとりあつかってくれ、漸次私をそだてあげてくれたのである。

羽山・矢野は労農大衆党から新労農党へ、それからさらに共産党へ、とうつってきた労働者だった。彼等は学校へはいっていないから、ただ労働運動のなかで、何が正しいか、どこに真理があるかを見ぬく力を自分のものとし、次次とその正しいものの後を追い求めたのである。羽山は旋盤師の家に生れ、はやくから西宮の製薬会社ではたらいている。矢野は神戸の農器具会社の職長の家に生れたが少年時代、真言宗の布教師の家に養子にやられ、中学校を三年まで行っているが、その寺がいやでたまらず、ついに自分から働きに出て労働者になっている。それは昭和のはじめ頃であるが、二人は兵庫県合同労働組合の西宮支部、神戸支部にそれぞれ属していて、この組合で二人は出会ったのである。——彼等は二人とも、人道主義の上に立っていた。道をもとめてダンテを読み、仏陀やキリストを論じ、「永遠の問題」を感じ合っている。羽山は、その後、当時の矢野の手紙をほとんどみせてくれたが、私はその素朴、純真な文章にうたれ、ダンテをよむ労働者に感動した。（矢野は現在、神戸川崎造船の書記長であるが、いまも、ダンテをもっとも身近にかんじている。）「矢野君は苦しみが起ってくると、何枚も手紙をかいて、次々と送ってきよるんや。」羽山は、そういいながら私に批評をもとめ、その手紙から推して、矢野に文学の才能があるかどうか、判断してほしがった。そして、彼等の間に成立した深い友情は、さらにもっと強く私を動かした。二人は昭和五年の総選挙のとき、党の行動隊に参加して検挙されている。その後、二人はしばらく別れたが、ちょうど人民戦線が展開されようとする頃に再会し、そこで二人が出会うということになったのだ。

神戸の人民戦線の中心は、金星社という書店であるが、そこには三・一五以後の犠牲者が結集し、コンミュニスト・グループがつくられていた。もちろん、人民戦線の理論は古い共産党員の間では、なかなかうけ入れられなかったが、堀川一知（彼は今度の神戸の朝鮮人事件の犠牲となって、重労働十年の刑を課せられた）、矢野などの説得によって、ようやく支持されるようになっていった。このときの奥田宗太郎さんの努力は大変なもので、この有名な神戸の三・一五事件の責任者は、若い二十代の堀川や矢野の主張をうけ入れて、すでに頭に白髪を交えているにかかわらず、同じように仲間を訪問して、動きまわった。そして、コンミュニスト・グループの人民戦線は出発した。もちろん、その目的としたところは、労働戦線の統一であり、それによって急激に強化されてきたファシズムを防止することである。そのために、まず個々ばらばらに分裂の道をたどってきた労働組合の統一の地盤をみつけるための努力をおしまず、何度も挫折しながら、全評をとおして、各組合の協議会を結成し、さらに、これを総同盟にも拡げようとした。政治的には社大党支持の主張を出し、当時、臨時工問題や実質賃銀の低下で、たかまっていた大衆の不満を、合法的に組織し、そこに全国的な統一をもとろうとしたのである。しかし、残念ながら人民戦線はあまり大きくひろがらず、まだ、ほんとうにその当時の正しい理論と戦術とが労働者、さらに共産主義者にさえ滲透しないうちに、一九三七年十二月の検挙にあって、中絶しなければならなかったのだ。このとき、検挙をまぬがれたのは堀川、羽山と私ぐらいで、羽山はそれ以後、人民戦線の再建を念頭からはなさず、私もまたそれを考えていたが、矢野達は堺の刑務所に入るやすぐ再建の打ち合せをすませたということである。

小野の「学生無名戦士の思い出」には、昭和十年の春、京大学生運動のすぐれた指導者であった永島孝雄が「〝人民戦線〟というのは、われわれ学生の場合では、一部の革命的学生だけでなく、広汎な学生大衆を起ち上らせることだと思う。しかし、そのためには、やはり秘密のしっかりした指導組織が必要だ」と説いたことになっているが、これは誤りではないかと思う。というのは、ディミトロフの報告は、一九三五年（昭和十年）七―八月に行なわれており、人民戦線が国際的に採用されたのは、このときだからである。もちろん、人民戦線については、フランス共産党は、昭和九年に提唱しているので、その文献は京都の『世界文化』グループ（中井正一、新村猛、武谷三男等）には、はいっていたかもしれないが。

私はこのように、羽山・矢野によって、漸次芸術主義の詩人・文学者からぬけ出て、労働者のなかへ、大衆の中へという方向に近づいていったのであるが、学生生活に於いて、この役割をしてくれたのは、小野義彦であった。小野は小学校が私と同じで、非常にすぐれていて、クラスでは級長をしており、私と家が近かったので、よく行き来して、教えられたが、彼は間もなく父と共に広島に去り、ようやく大学で再会したときには、すでに彼は立派な社会主義者になっていた。そして、私自身も同じ方向にあったので、再び彼に教えられることとなったのだ。彼は資本論の価値論や、史的唯物論を私に説明してくれた。しかし当時、詩の同人雑誌を出していた私は、文学の面では彼の理論は余りうけ入れることができなかったのをおぼえている。それはもちろん、当時私の立っていた文学上の立場は、詩ではフランスのサンボリスムであり、小説ではドストイェフスキー、ジイドであり、ここからいかにして「左翼文学」に出てゆくかを考えていて、小野のトルストイ、ツルゲネフの立場とぶつかったためだとも言えると思う。しかし、小野はよく私のことを心配してくれ、当時、全く手に入らなかった「プロレタリア文学」を何冊か、『レーニンと芸術』などを私にくれ、プーシキンの詩をロシア語でよんできかせてくれたりした。彼はそのような朗読はたくみで、読みながら、その光景を日本語で描写し、それに独自の解釈をほどこして説明してくれた。私がいまも覚えているのは、プーシキンの「十二月党」をほめたたえた詩で、彼がこの説明をすると、当時の反動の暗いなかをふるい立ってゆこうとする心のたかまりが、つよくおこってきた。もっとも、彼はそのようなことは、他の友人には余りやらなかったようであるが。

私は彼をとおして、当時の学生運動の中心のグループと親しくなった。そして私は、この中心グループと、神戸の人民戦線グループとを結合させるという役目を、自然とになうことになった。羽山・矢野・堀川と小野が会い、ついで中心グループの交流が起る。人民戦線の問題が学生運動のなかでとりあげられたのはこのときのことである。

しかし私は、人民戦線の理論と戦術とは、学生運動のなかでは深く理解されなかったし、またそれ故、ほんとうの意味では展開されなかったと考える。私はこの点を強調したいと思う。

「永島が組織した京大ケルンは、また永島によって軍部ファシスト打倒、天皇制廃止、民主共和国の樹立を目的とする地下政治組織と結合された。昭和十二年末頃から、当時、濃厚になっていた日和見主義的傾向に、断乎反対し、反戦、反軍闘争の中に強固な地下政党（共産党）の確立を目指して、英雄的な闘争をはじめた『日本共産主義者団』との結合がそれであった」と小野は書いているが、私はこの結合がなされたとき、さらに人民戦線が展開されるべきであったと考える。そして小野が日和見主義的傾向という言葉で表現しようとしているもののなかに、単に日和見というだけではなく、むしろ、人民戦線の芽となるべきものがあった。そして、それをはっきりとみわけてゆくべきだったということを言っておきたいと思う。

日本共産主義者団が成立したのが一九三七年十二月であり、人民戦線グループの検挙されたのが、同じ十二月であって、ちょうど、全く入れ代りのような形でこの二つが別別に現われ、また消えたということは、日本の運動が、ばらばらで弱かったことを証明するものであったと思う。羽山善治と私は、団には加入しなかった。羽山は団と分析を異にしており、人民戦線を考えていたので、フロン・ポピュレールを打ち出さない団にはいらないという意見だった。私も、ほぼ同じ意見であったが、私の方はまだ政治的判断は非常にあいまいで、低かった。その頃のことを思うと、全く自分の幼稚なのに恥じ入るばかりである。

人民戦線の検挙が羽山や私にあたえた打撃は大きかった。羽山は自分が皆とは別個に検挙をまぬがれて、のこったことを、最初は申しわけないように思っていたが、間もなく如何《いか》なることがあろうと再建するという決意に到達した。当時羽山は、尼ヵ崎に住んでいてちょうど検挙の日には、大阪の姉の家に遊びに行っていたとかで、検挙をまぬがれたが、帰ってみると部屋のなかが全く無残にやられており、すぐ神戸のグループのことを考えたが、やはり予想したとおり、ほとんど全部が検挙されてしまっていた。ちょうど、私が彼の家に出した葉書が玄関にはいっていたが、警察はそれに気づかなかったようだった。羽山は間もなく大阪の大正区の方に居をうつした。

その新しい住居は大正区千島町（これは空襲でやけてしまったが）の焼いも屋の二階であったが、私はちょうど卒業論文フローベール論（私はジイド論をかく用意をしていたが、ジイドはコンミュニズムへ転向していた最中なので、ジイド論はいけないというので、急にフローベール論にかえたのである）を、かなり短い時間でかきおえたところだったので、羽山にまずよんでもらいたくて、ここを訪ねて、焼いもを食べながら批評をきいたのを覚えている。彼は当時、左翼学生のなかで否定されていた私の文学を、認めてくれた少数者のうちでも、もっともの支持者であったが、その論文の成立を心からよろこんでくれた。その二階で、間もなく彼の最初の子供が生れたが、私がその名前をつけることになって、揚子という名をつけることにした。揚子の揚は止揚（アウフヘーベン）の揚、揚子はまた揚子江の揚と考えたが、羽山は、この学生がぎこちなく考えた名前を喜んでくれた。しかし、この子供は大きくならなかった。名前が「よす」ぎたのだろうという説もでた。

人民戦線グループの検挙と同時に、日本無産党、全評は解散させられ、労働運動は全くその指導勢力をもたなくなってしまったのである。そして私達が学生時代からもっていた労働者のなかへはいるという考えは、もう実現困難な、ほとんど不可能なこととなっていた。学校を卒業しても就職口はなかなかなく、組合の書記になろうにも、もう全くふさがれてしまって、最後に私がえらんだのは社会事業機関に席をおいて、そこで貧民に接しながら、勉強するということであった。

いよいよ弾圧ははげしくなっていた。そして学校卒業後の私達の活動の中心は、ほとんど研究会活動（テキストは山田の『分析』、ローゼンベルク『経済学入門』などが中心だった）に限られるようになった。しかし、研究会のメンバーは次第に増加して、女のひとも三、四人はいるまでになっていった。そして、私は羽山にもこの研究会にときには出てもらうことにした。小野は当時まだ大学院に席をおいて学内の活動にあたっていたが、時間をさいて、大阪までやってきた。そして、学校卒業後はどうしても低調になりがちな私達の意識をかきたてて帰っていった。――この活動のなかで、私が忘れることのできないのは、このメンバーに次々と赤紙がやってきて、その送別会を開いたときのことである。そして、小野にまずその赤紙がやってきたのである。「ちきしょう、きやがったよ。くそっ」という調子の言葉で、さもにくにくしげに顔をゆがめ、赤紙がきたことをつげた彼の顔は、強いものをもっていた。そして私達は、友人の家にあつまったが、彼がいなくなった後も、なんらあやまることなく結合をかためて、闘ってゆくということをはなした。彼は軍隊内で反戦運動を必ずおこすこと、それから軍隊の機密を何等かの手段で報らせる。そして、互いに連絡を失わないようにしようと言った。それから私達は兵隊にとられても、幹部候補生の志願はしないということをちかい合った。このことは十分実行されなかったが、彼は兵隊に行ってからも、次々と葉書、手紙を精力的にかいて、軍隊の欠陥を、或いは兵隊達の心境を知らせてきた。しかし、次にしばらくしてから、他の者に赤紙がきたときには、すでにその様子は変り、私達は漸次、意気を失ってゆき、全く暗い気持にとりつかれていったのである。そして、仲間達は互いにようやく孤立し、孤立すればするほど動揺がはげしくなり、勉強をほうりだしてしまうものも多く出るようになる。組織をもたずして確乎として自立してゆくということは、ほんとうにむつかしい。そして先日も矢野が全造船の組合の大会で上京してきたとき話し合ったことは、日本の人民戦線の敗北のことであった。人民戦線の再建は、ついに出来なかった。「最初に党組織と人民戦線とを切りはなして考え、コンミュニスト・グループによって、人民戦線の展開ができると考えていたところに根本的なあやまりがあった」と矢野は言った。しかもまた一方、日本の共産主義者のなかに、人民戦線を理解することの出来ない要素があったということ、このことも重大なことである。人民戦線そのものが、左翼コンミュニストのグループ活動にすぎなかったようなところから、広い統一戦線の生れようはなかったのである。この矢野の長男は、人民戦線のときに生れた子供なので、彼はその子に民雄という名前をつけた。この民雄君は、彼が留守中も、母親の手で立派に大きくそだてられて、もう小学校を卒業するまでになっているが、日本の人民戦線は、そのようなわけにはゆかなかったのである。

羽山は「日本の左翼運動には日和見主義という言葉をほんとうに正しく使うことができないものをもっていた。それは、まるで呪文か何かのように使われて、そのためにまた、その言葉の前で多くのひとがたじろいた。そしてそれによって、ほんとうの前進に必要な条件を具体的にさぐりあてることさえ不可能になった」という考えをもっている。彼はいま岡山県の奥地で、党活動をやっており、農村の税金闘争で大きな成果をあげたと、つたえきいたが、彼の青年に対する文化活動は、税金闘争の面にあらわれでたのだと矢野はいっている。とすれば、そこには小さいながらも私の力がうごいていることを認めなければならないと考えて、私はうれしくなった。敗北した人民戦線によって、つくり出された友情である故に、過去の敗北をのりこえようとする力に、つねにつらぬかれていることを、三人が落ちあう度毎《たびごと》に、まず互いに確認しあわなければならないようである。そしてもちろん、私の文学も、このような過去の敗北におわった人民戦線を一つの土台としているのだから、今後新しく豊かな統一戦線を日本につくり上げてゆく、そのただ中にあって、はじめてさらに、広い地点にでてゆくことができるだろう。これはどうしても、やりとげなければならないことだと思う。しかし濁っていたり、歪んでいたりしていて、その正否はいま考えないとして、私のようなものの文学が成立したということは、この人民戦線のたたかいのなかに於いて、はじめて可能になったことなのであって、最近私はあらためて、そのようなことについて、もっと考え直してみようと思っている。

像《イメージ》と構想

一

　私はどのようにして自分の言葉をさぐりだし、自分の求める表現に行きつこうとしたのだろうか。私がいまここに明らかにして行かなければならないのはこのことである。私はできるだけこれまでの自分の創作体験を、正確によびもどし、そのなかに深くはいって、問題をときほぐして行きたい。しかし、私のすべきことは自分の創作体験をそのままたどるということではない。創作体験をたどりながら、その内容を分析し、そのうちにあるいろいろな要素が互いにどのように結び合っているかということをとりだして行くことなのである。

　私は、書きたいという要求につき動かされて、これまで作品を書いてきた。この書きたいという要求は、私のうちから衝動のようにつき上ってくる。それは、私が戦後はじめて作品を書こうと思いたったとき、じつにはげしいものだった。どんな力をもってしても、それをおさえつけることはできない。また、いかに甘い夢をもってしても、やわらかい子守歌をもってしても、それをおししずめるということはできない。書きたいという内心の要求は非常にはげしくつよいものである。しかしこれは決して私だけの感じることではなく、いまものを書きはじめた多くの人たちが感じていることなのだ。

　では、書きたいという要求の内容はどんなものだろうか。それは、まず自分自身のうちにいっぱいはいっているものを、明るみのなかにとりだし、はっきりと自分の眼でみとめたいという要求である。自分のうちには、もやもやしたものが動いている。乱れた絲のように、もつれ合ってときほぐすことのできないものが、つくられている。それは混沌として、どろどろした熔岩のように動いている。このどろどろしたものが、ひとたび炎を発するならば、自分はいずこかわからないようなところへ、押し動かされるような気がする。一刻もはやくこの自分自身のうちにあるものを、明るみにとりだして、みとどけなければならない。その内部の混沌をときほぐし、秩序をあたえ、そこに新しい意味を見出さなければならない。

　私のうちには混沌としたものがある。それは私が大きな事件にぶつかったためである。自分が予想することもできなかったようなことにであい、全く考えることのできないようなことをみてきたからである。自分がみてきたこと、してきたこと、出会ってきたこと、いろいろあるが、その一つ一つがはっきりと思い浮べられない。その一つ一つの内容がはっきりさせられないだけでなく、その一つ一つの事柄の互いのつながり、互いの関係もまた明らかにすることができない。それでは自分は全く混沌としたもののなかにおかれたまま、出口もなくさまようほかにはない。ただそこにみえる一つ一つのものにしがみつき、その一つ一つのものの表面の姿、うつり行く姿にしがみつくだけであり、どうすることもできはしない。それは現在にさまよっているにすぎないのである。過去の意味もわからないし、未来の目標もとらえられない現在は、ただかがみにうつる瞬間の姿にすぎないのだ。

このような状態のままですごすならば、ひとは自分の生活、自分の心、自分自身のほんとうの内容をとりだすことはできない。自分はどこからきて、どこへ行くのか、自分はどのように生き、どのように死ぬのか、をさだめることができない。自分のうちには不可解な、整理しきれない体験が次々と折重なってたまるばかりだ。体験は記憶のなかに次々とつみかさなり、互いにぶつかり合って、自分を動かす。整理されることのない体験がそれぞれの方向にひとをひきずって行く。それでは、全く経験にたよって目的もなく、その場その場でさまよい、前後矛盾した自分になるほかない。自分の生活をしっかりとみつめ、それを正しく整理し、自分の人生をあやまりなく導きたいという要求が生れてくるのは当然のことなのである。

私の体験の中心にあるものは戦争である。それは私の身体のまんなかをつらぬいている。まるで熱い炎が通りすぎたかのように、それは私をやきこがしたのである。私は戦争にぶつかって、自分のそれまでにもっていた生活、思想、理想、これら一切が、根底からゆり動かされるのを感じた。例えていえば、何時召集がきて赤紙一枚で戦場にひきだされるかもしれないという不安は、私の毎日の生活感情、その持続感をかえてしまった。それは明らかに明日というもののない生活である。今、それはうすく切られたオレンジの一切れのように、うすい今である。私は戦場で多くの人々が死んで行くのをみた。私は戦争の意味をみつけることはできなかった。私は戦争をのぞんではいなかった。その私が砲をひき、弾丸をはこんで、山道をのぼって行くのである。私は砲車をひいて歩いたが、私たちはただ自分自身の苦しみをまもるだけの努力をするだけであった。私は自分の友に手をかすこともできないし、友に手を求めることを期待することもできなかった。しかし異常な体験は決して戦場にかぎるものではなかった。

食糧だけではなく、物資がすべて国家総動員法によって統制され、日々の生活のなかに軍隊の生活方式がとり入れられていった。さらに空襲がはじまるようになってからは、生活はすべて破壊され、その破壊のなかをかけまわって、危険をおかさなければ生活をたもつことはできなくなった。このようなことはかつてなかったことである。生活がすみずみまでゆすぶられる。これはこれまで日本人のぶつかることのなかったことであった。しかも、このような体験を多くの人はへてきたのである。それは、これまでの日本人の風俗、習慣をおどりこえ、常識をばらばらにつきくずした。これまでの考え方、感じ方によるだけでは、この戦争の異常な体験の意味をつきとめるということはできないのである。この体験そのもののなか深くはいって、体験に即して、そのなかから、一つの新しいしっかりした考え方、感じ方をひきだしてきて、はじめて、それはできるのである。戦争がおわって私が考えたのは、このようなことであった。

戦争こそは私の体験の中心にあるものであった。私はこの戦争の体験にもとづいてすべてのものごとを見直そうと考えた。私自身戦争の異常な出来事のなかで、かつて想像もしていないような人間になったし、私のまわりの人たちも、私が推測できなかったような行動をし、人間とはこんなものなのだろうかという、大きな疑問を私のなかにうえつけた。このような人間の姿はこれまでの文学作品のとらえた人間の姿とは全くちがったものであり、私はこれまでの文学に対する不信をいだかなければならなかった。私はこれまでの文学と断絶している自分を感じ、この断絶を大切にして、この断絶から出発して、戦争の意義をといつめて行こうと考えたのである。もちろん、これは私一人だけにいえることではない。日本のすべての人がこう考えたとはいえないにしても、かなりの人たちがやはり、これまでとはちがったものが、自分の生活や考えのなかにあるのを感じていたとはいえるだろう。

私は戦争の体験をもとにして、これまでの文学に対する疑いを心にいだき、書くことをはじめたが、まず私のやろうとしたことは、自分がみたこと、考えたこと、感じたことを、正確にあやまりなく言葉でとらえ、表現するということであった。自分の書こうとすることが、いかにこれまでの文学の示すところとちがっていようと、私の信じるべきものは、私のみたこと、したこと、考えたことであって、これまでの文学ではないのだ。私は私のみたこと、したこと、考えたことを、正確にとらえ、それをひとにつたえなければならないのである。それはどうすればできるだろうか。

私はまず、自分のみたこと、したこと、考えたことを、正しくあやまりなく、はっきりした形に仕上げ、眼にみえるようにするということを考えた。はっきりしたイメージを言葉でつくりだして行くということを、これからはじめようと私は思ったのである。私が最初考えていたのはこのことだけであった。私は他のことを考えるというところまで行くことはできなかった。私は人物や情景のイメージを、いかにしてはっきりしたものにして行くかということを考えつづけた。私はこのことを考えているうちに、日本の小説をいくつかよみかえしてみた。そして、人物や情景が、イメージとしてほりだされ、形象化されている小説が非常に少いことを知らされた。人物が十分造型されていないということ、造型性に欠けているということは、やはり小説としては大きな欠点であるが、私はこのことを考えて、何よりもまず、人物のイメージを造型するということに力をいれなければならないと思ったのである。私はこのように、まず人物の造型ということに努力を集中したが、この一点に自分の努力を傾けて、他のことをほおっていたので、私はすぐに困難にぶつからなければならなかった。いかにものごとを正しくあやまりなく描き、その造型に成功しても、それだけではひとの心にうったえるということはできない。もちろんひとの心にうったえるには、あざやかなイメージ、形象をつくりだして、ひとの想像力に生きいきとはたらきかけるということが必要である。ひとの心はこのイメージにふれて感情を動かされ、感動するのである。ここに科学と文学のちがいがあるわけである。しかし、これだけではひとの心はいつまでも、次々と動かされて、さらに感情の高まりを感じ、人間としてたかまる喜びをもつということはできない。それ故にひとの心につよくうったえるためには、ただ人物の造型ということに力をそそぐだけではなく、この他にさらに別の工夫が必要なのである。

二

私は最初このことに気づくことができなかった。私は最初はこの造型ということに自分の努力を集中した。いかにして人物や情景の姿をはっきりととらえて行くかということを考えて、力をつくした。いかにして人物や情景のイメージをあざやかな、はっきりしたものにして行くか。もちろん人物や情景のイメージをはっきりしたものにして行くといっても、そのイメージは言葉によってつくりだされなければ文学のイメージではない。文学は映画や絵画とはちがって、言葉によって人間の像、そのイメージを描いて行くのであるから、造型ということも容易ではない。例えば映画であれば、カメラをもって行って描こうとする人間や山の姿をうつせば、その姿がそのままうつしとられる。しかし言葉で山を描こうとするときには、そのようなわけにはゆかない。

山という言葉をよめば、読んだひとは中央が高くなって両側に傾斜のある高い山の姿を思いうかべるが、これだけでは、特徴のある浅間山なら浅間山という一つの山をとらえることはできない。それ故に（岩石のつきでた）山とか、（樹木一本もない）山というように、山の特徴をはっきりさせる形容詞や形容句を上につけて、この山の像をはっきりとさせ、描いて行くのである。もちろん、樹木一本ない山と書いてみても、まだこの山の姿をはっきりとさせているということはできない。樹も草もこの山のもつ毒物に枯らしつくされてしまったかのように、むきだしの岩のつき出ている山というふうに、形容詞をより具体的なものにし、はっきりと山の姿をうつしだすものにして行けば、この山はさらにはっきりととらえられてくるのである。このように言葉によって、ものの姿を描いていくということは、言葉によって、映画などとはちがって現在自分たちの肉眼にみえない、また耳にもきこえないものの像をつくりだして行くことによって可能になるのである。現に自分が眼や耳で知覚していないものの像を表象というが、文学はこの表象を言葉によってつくりだして、ものごとを描いて行くのである。この点が同じ芸術ではあるが文学と映画や絵画のちがいのあるところである。

映画や絵画は実際に山や川や人物の形が紙やフィルムの上にそのまま描かれるのである。しかし、文学においては、山や川や人物の形が原稿用紙の上にそのまま描かれるのではなく、山や川や人物の表象が言葉によって原稿用紙につくりだされて行くのである。しかし、それは表象であるから、やはり山や川や人物の像、姿、形のある像、姿なのであって、すぐれた文学作品をよんで行くとそのなかの情景がありありと眼にうかび、耳にきこえるように思うのである。しかし、この言葉で描きだされる像は、映画や絵画のように、はっきりと線や色で描かれていないので、少しばかりぼやけたところがあっても、なかなかその欠点の見分けがつきにくい。はっきりとした像がつくりだされているかどうかという判断がむずかしい。それは読者にとって見分けがつきにくいというだけではなく、書き手である作者にもつきにくいのである。日本人は絵画の才能があり、視覚的であるといわれているが、文学においてはまだこの形象、像を造型する力が十分でき上っているとはいえないところがある。私はこの点を考えて、形象の造型に力をそそいだのである。

私は原稿用紙をひろげた机に向い、まず自分の頭のなかに眼をむける。私の頭のなかには私が書こうと考えている一人の踊り子の姿が浮んでいる。私はその頭のなかの踊り子の像をじっとみつめながら、言葉でその像をとらえようとする。画家が眼の前にたっているモデルをみつめながら、カンバスに向って線をひくように、私は頭のなかにうかんでいる像をみつめながら、原稿用紙に言葉で線をひくのである。画家の前にはモデルがたっている。あるいは静物が机の上におかれている。画家はそのモデルをみつめながら、カンバスの上に筆を動かして行く。文学作品をかく私の前にはモデルは立ってはいない。もちろん、私の描こうとする踊り子にもモデルはある。私はそのモデルの踊り子を、私の頭のなかに思い浮べて、それを描いて行くのだが、それでもモデルは現実には眼の前にいないのである。

明治の中頃、写生ということが主張された。主張者は正岡子規である。写生小説はこの主張から生れてきた。また、これとは別個に島崎藤村などは、洋画の写生の考え方をまなんで、写生、言葉による写生をさかんにやった。スケッチともいい、「千曲川のスケッチ」などはここから生れてきた。このような場合には、実際に原稿用紙やノートをもって、山中にはいり、また川辺ではたらく人たちのところに行き、対象をじっとみつめながらそれを写したのである。そのときには自分の描こうとするものは、画家の前にモデルが立っているように、眼の前にあるわけである。しかし写生といっても昼間山中にはいって山にはたらく人々の生活をよく観察しておき、家へかえって、それを思いうかべながら書いて行くというやり方もある。もちろん、この後のやり方の方が前のやり方よりもむずかしい。なぜといって後の方のやり方は、よほど深い観察をして、そのものの特徴をとらえておかないと、あとでいくら正確にそのものを思い浮べようとしても、思いうかべることができないからである。前のやり方は、現に自分がいま知覚しているもの、自分の眼や耳の感覚に知覚している像を、写すのである。後のやり方は昼間は知覚していたが、いまは頭のなかに思いうかべられている像、つまり表象を写すのである。

この表象は、現に知覚している像のように生きいきとしていない。このことは自分の愛するひとの顔を頭に浮べてみれば、よくわかることである。頭のなかにうかんでくる愛するひとの像は、それほどはっきりとはしていない。むしろぼんやりしている。それはぼんやりした形となってうかんでくる。そのぼんやりしたものの形のなかに、その二重瞼の眼とかやわらかい口元とか、先の二つにわれた眉とか、その特徴のある個所がちらちらとうかんできては、消えて行く。それは実際にそのひとに会ってみるときの眼の前にある姿のように明確ではない。そのひとに会って知覚するその人の像は、はっきりした輪かくをもっているし、起伏をそなえている。ところが、頭のなかに浮んでくる像、表象は、そのもののすべての特徴、その姿をありのままに表わしはしない。心理学によれば、「表象にはものごとのある側面、ある特徴だけが反映されるのが常なのである。」そして、表象の特性は表象の断片性にあるといわれている。そのように自分の愛するひとの顔を思い浮べようとしても　頭にうかんでくるのは、はっきりしたそのひとの顔ではなく、ぼんやりとした顔の形のなかに、そのひとの眼つきだとか、広い額だとかという個々の細部だけがありありとうかんでくるのである。「瞼の母」という映画があったが、瞼の下におもいうかべる母の姿は、実際の母の姿そのままではなく、表象としてうかんでくる母の姿である。それ故に描こうとするものごとを、よく見、観察していないと、あとでいかにその像を頭のなかに思いうかべようとしても、その像は自分の頭のなかに少しもむすばれないし、たとえ結ばれたとしても、ほんとうにはっきりした像にはならないのである。

しかし、ではその逆に自分の描こうとするものを眼の前にして、それをみながら描く場合に、それが十分に描けるかというと、そうとばかりはいえない。何故かというと、現に眼の前にあるものの特徴をとらえてかくということはむずかしい。その眼に特徴があるのか、鼻に特徴があるのか定めがたいし、鼻も眼も口元も耳も、一つ一つはぶくことなく描こうとすれば、ほんとうにその描こうとする人の顔の特徴はかえって、とらえられないことになってしまうのだ。その点、描こうとするものを眼の前においてそれをうつして行くよりも、描こうとするものを頭にうかべて、その表象をうつして行く場合の方が、むしろその特徴をしっかりとらえることができるといえるのである。ことに文学作品の創造にあたっては、この表象をしっかりしたものにし、それをうつし描いて行くということに上達しなければならないのである。私がものを書こうとしてまず力を入れたのもこの点である。

三

私は原稿用紙をひろげた机に向い、自分の頭のなかに眼をむける。そこには私の知っている一人の踊り子の表象がうかんでいる。踊り子はいま「太陽讃歌」という踊りをはじめようとして、舞台の真前にすすみでて、つま先でたっている。それは、かつて私がある劇場でみたことのある踊りである。私は私のみたその踊りの表象を頭のなかに再現しようとする。この踊りは裸のむきだしの両手を斜め上にそろえてつきだし、太陽に向ってなげだして行く動作と、やはり裸のむきだしの両足を床の上にそろえて斜めにつきだして行く動作とでなりたっている。私はこの私のかつてみた踊りをいま頭に思いうかべ、頭のなかに再生して、それを原稿用紙にうつして行く。

私は私の眼を頭のうちに向け、そこに全力を集めようとする。すると私の頭のなかの像はいくらか、はっきりしてきたようである。私はさらに頭のなかに自分の力を集中して行く。しかしいかに頭のなかを力を入れてみつめようと、ただそれだけでは頭のなかの像は、はっきりしてはこない。頭のなかをみつめながら、同時にペンをもつ右手を動かし、右手のペンで頭のなかの像を、なぞるようにして書いて行かなければならない。もちろんこのペンは、頭のなかの像を原稿用紙の上にそのままの形でうつすのではなく、頭のなかの像を言葉をもってうつすのである。

ペンは書き手の指をつたわって、そのペン先からでてくる言葉で、頭のなかの像をうつして行く。このとき頭のなかの像をみつめていた私の眼は、それと同時に原稿用紙にかきこまれて行く言葉をみつめる。私は書かれて行く言葉と、頭のなかの像とを同時にみながら、書きつづける。ひととき、言葉と像とは一つにかさなり合ったかのようにみえる。頭のなかの像は、原稿用紙に書かれた言葉のなかで、はっきりと形をとりだしたかのようだ。しかしはっきりと形をとりだしたこの像も、さらにじっとみつめているとたちまち、またこの言葉からはなれてしまう。私は別の原稿用紙をひろげて、私の頭のなかの像をみつめながら、先ほどかきつけた言葉をよみ直す。すると、たしかに私のつくりだした言葉は、私の頭のなかの像とはちがっているのである。私の言葉は像とぴったり重なっていない。私はただちに書きかえなければならない。しかしいかに力を集中しようとも、もはや、私のペンの先に言葉はうかんでこない。私はさらに力をふるって自分の頭のなかを、自分の眼でのぞきこもうとする。しかしもはや私の眼は、さらに明確なはっきりした像を頭のなかにみることはできなかった。

強い浪の打ち寄せる響が、ピアノの中から聞えてきた。そしていままさに太陽の讃歌が一つの女の肉体を借りて舞台の上に表現されようとする。……と急にピアノの音が高い鋭い痛むような響をつたえたと思うと、寝転んで立てられていた女の右足の爪先がさっと体に直角に上げられ、つづいてのばされている左足をこえて砂の上につま立てられる……

原稿用紙の上には、ここまでかかれている。しかし、もはやこれ以上イメージを鮮明にする作業は少しもすすみそうにはない。私にはこの踊り子の姿をこれ以上はっきりと描いて行くということはできないのではないだろうか。私には力がないのだ。こう考えるとき、私の心におしよせてくるのは絶望である。これが私の描写力の限界だ。私はこのように原稿用紙にむかっていてしばしば絶望にとらえられた。しかし、このような絶望はまた全く私の予期しないときに打破られるのである。もはや書けないと思っていた人物の姿がひとりでに頭にうかび出、言葉がひとりでに動きだしてくる。すると、これはインスピレーションのはたらきによるのだろうか。そうだということもできるだろう。しかし、それは実際は自分が描こうとしているものの内容を次第によく知り、その理解が行きとどいた結果なのだ。自分のよく知らないものの像をいかに力を入れて思いうかべようとしても、そこにうかんでくるものにはどこかそらぞらしい感じがのこっているのである。全力をつくして自分が描こうとしている頭のなかの像を求めて努力しているとき、次第にその像が自分のうちにとけこみ、親しいものとなり、自分が熟知するものになってくる。このとき再びペンをとれば、その像は頭のなかにひとりでに生きいきと動き、自分のペンの先に姿をあらわしてくる。私にははじめはこのことがわからなかった。そこで、私はしばしば絶望にとらえられて、自分をすてようとしたのである。それはあやまりだったのだ。しかし、では全然イメージをつくる努力をせず、ただ待っているだけで、その像が自分のうちに生れてくるだろうか。そのようなことはありえない。全力をつくして自分の描こうとする像を頭の中につくりだそうと努力し、その努力をくりかえすうちに像はひとりでに自分のうちで生きて、動きだしてくるのである。

私は、まずこの自分のうちに生れてくる像、これを正しく描いて行くことに力を入れなければならない。まず自分が体験のなかで見た像、知覚した姿、これに自分の信をおき、これを正しくイメージにして行かなければならないと考えたのだ。それがいかにこれまでの文学とはちがっていようとも、戦争というもっとも大きな悪のなかで、人間がみせた姿をとらえ、そこから人間をみさだめて行かなければ、人間はとらえられるものではないと私は考えたのである。そこで、私はまず私の過去の体験したことのなかから、うかんでくるいろいろの人間の姿を、頭のなかに思いうかべ、それをありのままに描いて行くということからはじめた。といえば私のやったことは、あるいは島崎藤村が「千曲川のスケッチ」で行なったことと同じことであるといってもよいかもしれない。たしかに私のやろうとしたことは、「千曲川のスケッチ」と同じであったのだ。ただ私は藤村の見ることのできなかった多くの人間の側面をみてきたし、藤村が出会うことのできなかったような体験に出会ってきたのである。私は、何よりも自分のよりどころをそこにおいて、それを描きだして行かなければならないのだ。しかし、それを描く描き方は藤村のように造型性のよわいものであってはならないのだ。

藤村が描いた人物の像は、決してぼんやりしているとはいえないが、その姿は生きいきとした形をもっているとはいうことができない。イメージが形をもって、つくりだされているということができない。藤村の作品では、人物のイメージが形をもって、生きいきと描かれているのは、むしろ初期の作品である。それが後になるほど、人物の像をつくりあげて行く努力、人物の姿を描いて行く、造型の努力が失われて行くのである。

冬の光は明窓から寂しい台所へさしこんで、手慣れた勝手道具を照して居たのです。私は名残惜しいやうな気になつて、思乱れながら眺めました。二つ竈は黒々と光つて、角に大銅壺。火吹竹は其前に横。十能は其側に縦。火消壺こそ物言顔。暗く煤けた土壁の隅に寄せて、二つ並べたは漬物の桶。棚の上には、伏せた鍋、起した壺。擂鉢の隣の箱の中には何を入れて置いたか知らん。

（「旧主人」）

ここには生きいきしたイメージがある。しかしこの生きいきとしたイメージは次第に藤村の後の作品からはきえて行く。ここでは、ものの細部まで具体的に形をもってとらえられているのである。
丁《とん》、と一つ軽く背を叩かれて、吃驚して後を振返つて見ると、旦那様はもう堪えかねて様子を見にいらしつたのです。旦那様も唖、私も唖、手附で問へば目で知らせ、身振で話し真似で答へて、御互にすつかり解つた時は、もう半分讐を復したやうな気に成りました。私も随分種々な目に出逢つて、男の嫉妬といふものを見ましたが、まあ其時の旦那様のやうなのには二度と出逢ひません。恐らく画にもかけますまい。口に出しては仰らないだけ、其が姿に顕れました。目は烈しい嫉妬の為に光り輝やいて、蒼ざめた御顔色の底には、苦痛とも、憤怒とも、恥とも悲哀とも、譬へやうのない御心持が例の——御持前の笑に包まれて居りました。……斯う申しては勿体ないのですが、旦那様程の御人の好い御方ですら制へて制へきれない嫉妬の為には、さあ、男の本性を顕して——獣のやうな、戦慄をなさいました。旦那様は鶏を狙ふ狐のやうに忍んで、息を殺して奥の方へと御進みなさるのです。怖いもの見たさに私も随いて参りました。音をさせまいと思へば、嫌に畳までが鳴りまして、余計にがたぴしする。生憎敷居には躓く。耳には蟬の鳴くやうな声が聞えて、胸の動悸も烈しくなりました。（「旧主人」）

ここでは、人物の姿もその形が生きいきと形づくられている。もちろん、ここでも「鶏を狙ふ狐のやうに忍ぶ」というような類型的な言葉で人物がしのびこむ姿を描こうとしているので、まだ人物の姿が十分生きいきと形づくられるにはいたっていない。しかし、耳に蟬が鳴くような声が聞える、というような細かい、具体的に耳のなかの音をはっきりとだす表現をつくりだしている点は高く評価されなければならないと思う。しかし藤村の作品は後期に行くほど、このような、人物や情景を生きいきと形づくる、造型的な表現が失われて行くのである。そして、私がまず考えたことは、この人物や情景を生きいきと造型し、それをあやまりなく描くということだったのだ。

この造型という点では、夏目漱石の作品は、島崎藤村とは反対に晩年にいたるほど強力になっている。漱石の初期の作品はそれほど造型という点では十分ではない。しかし、それは「それから」以後、次第に力を加え、最後の「明暗」では生きいきと動くものになり、人物を人形としてではなく生きた人物として存在させるにいたっているのである。

三千代は答へなかつた。見るうちに、顔の色が蒼くなつた。眼も口も固くなつた。凡てが苦痛の表情であつた。代助は又聞いた。

「では、平岡は貴方を愛してゐるんですか」

三千代は矢張り俯つ向いてゐた。代助は思ひ切つた判断を、自分の質問の上に与へやうとして、既に其言葉が口迄出掛つた時、三千代は不意に顔を上げた。其顔には今見た不安も苦痛も殆んど消えてゐた。涙さへ大抵は乾いた。頰の色は固より蒼かつたが、唇は確として、動く気色はなかつた。其間から、低く重い言葉が、繫がらない様に、一字づゝ出た。

「仕様がない。覚悟を極めませう」

代助は脊中から水を被つた様に顫へた。社会から逐ひ放たるべき二人の魂は、たゞ二人対ひ合つて、互を穴の明く程眺めてゐた。さうして、凡てに逆つて、互を一所に持ち来たした力を互と怖れ戦いた。

（「それから」）

これは漱石の「それから」のなかにある部分である。漱石の作品のなかでも形象、人物のイメージがはっきりと描きだされているところである。しかし、なおこのイメージは、これで十分ということはできない。読者の心に深くしみ入っていつまでも生きいきと心を動かすイメージとはいいえない。「見るうちに、顔の色が蒼くなつた。眼も口も固くなつた。凡てが苦痛の表情であつた」と書いているところは、できればその苦痛の表情を、実際に顔のイメージとして、その顔の苦痛の形として描きだすようにしなければならないだろう。

このような考えをもって私は、まず自分のイメージをはっきりとした、力強いものにし、さらに生きいきと生きて動いているものにつくりあげるということに力をそそごうとしたのである。しかし、そのうちでも何よりも、まず私のするべきことは、自分のイメージをはっきりした力強いものにするということだと私は考えたのだ。

四

私はこのようにしてイメージを生きいきと形づくるということに力をつくした。私はそのために自分の頭のなかに浮ぶ像を自分の原稿用紙にかく言葉をとおしてみるという操作が自由にできるように書きならした。しかし、私はやがて自分の体験し、知覚したイメージを変えて行くということがさらにむずかしいことだと知ったのである。なぜかというと、私には日本人は自分の一度知覚したイメージを変形して、新しいイメージをつくりだすという能力をまだ十分備えていないのではないかと思えるのである。こういってわるければ、あるいはこのような能力がいまようやく日本人のうちに育ってこようとしているといった方がよいかもしれないと思う。

自分が知覚し、体験したイメージを、その通りあやまりなく、しかも生きいきと表象し、それを形造るということも困難な仕事である。しかしそのイメージを変形して新しい像を創造するということはさらに困難なのである。ことにこの創造は日本人には困難なのではないだろうか。日本の近代小説が私小説が中心になって動いてきた一つの原因として、この自分の体験のなかで知覚したイメージを変形して新しい像をつくりだす力がまだ十分生みだされていないということがあげられる。私にもこの力が不足していたのだ。私は自分が過去に体験し、知覚したものの表象を、頭のなかで変形するということがうまくできなかった。私はそれをやろうとして非常に苦しみを感じさせられなければならなかった。しかし、これが自由にできなければ、私は自分の体験したこと以外は、なにひとつ書けないことになってしまうのだ。

いや、作家は自分の過去に知覚したものの表象を変形することができるというだけではなく、自分が知覚したことのないものの表象をつくりだすことができなければ、文学作品を創造するということはできはしない。歴史小説を書く作家が織田信長を主人公にした作品を書くときのことを考えてみれば、このことは理解のいくことである。この作家は現代の作家であれば信長をみたことはないだろうし、信長の喋るのを聞いたこともないはずである。つまり信長を知覚したことは一度もないのである。しかし彼は織田信長の表象をつくりだし、その人間像を創造しなければならないのである。彼は自分の知覚のなかに織田信長をさぐりだすことはできない。彼は歴史書のなかに信長をさがさなければならない。

私はいま時計師を主人公にした小説を書こうと考えている。この私は、かつて一度も時計店に徒弟としてすみこんだこともなければ、また時計師になろうとしたこともない。私の体験のなかには時計師の体験はない。私は時計屋へ買物に行ったとき時計を修理している時計師をみることができる。私はこの時計師の知覚を材料にしてそれを変形させて、一人の時計師の像をつくりあげるのである。しかしいかに私が時計屋の店先で時計師を観察したとしても、時計師がその家庭の奥にはいったときの姿を、私は知らないのである。また、たとい私がその時計店に二、三日とめてもらって、家庭生活を一緒にすることができたとしても、私が時計店に盗賊がしのびこむという場面をその三日のうちに見るなどということはできないことである。盗賊がはいりこんだとき、はたしてその時計師はどんな姿をするだろうか、あわてふためくだろうか、それとも冷静に応対するだろうか。どの商品を一番まもろうとするだろうか。このようなことは実際にみることはできないのである。しかし、私はこの場面を書かなければならないとすれば、私はそれを想像によって書くほかないのである。想像力は自分が知覚したことのないものの姿、像をはっきりとつくりだす心の力である。それは自分が過去に知覚したことのあるいろいろの姿、それをたくみに組み合せて、一つの新しい表象をつくりだす力である。

もちろん、想像力は自分が知覚したことのないものの姿をつくりだすとはいっても、過去に全然知覚したことのないものを、つくりだすなどということはできない。織田信長を描くにあたっては歴史書をしらべて、そこにかかれている信長の肖像をみたり、その当時の彼の遺品を一つ一つみて、その体つき、風格を感じとしてもったり、当時の武士のきていた鎧や衣服をしらべたりして、その表象をつくりあげるのである。その鎧や肖像や遺品の一つ一つは、作家に知覚されるのであり、作者はその知覚によって得た材料をあつめて、一人の信長の表象をつくりあげるのである。それ故に想像力は、いろいろ過去に知覚して記憶のなかにしまわれている表象をとりだしてきて、それを組み合せて一つの新しい像をつくりだすのである。

私が時計師を描くとき、まず思い浮べたのは、私の友人の時計師のことである。その時計師はすでに四五、六歳の、時計師として成功している人である。しかし私の描こうとする時計師はまだ二五、六歳で、ようやく徒弟期間をおえたばかりの人物なのである。私は私の友人の時計師の表象を変形してこの主人公の姿をつくりださなければならない。さらに私はこの時計師が金細工物や時計の金側や金の義歯をとかして純金をとるところを描かなければならない。金貨をとかして金塊をとるところもかかなければならない。しかし、私はまだ時計師が純金をとる場合をみたことはないのである。ただ、私はかつて中学校の理科の時間に、実験をやり、硫酸で亜鉛をとかしたときのことを記憶している。また、貴金属商がるつぼで金の細工物をとかしているのをみたことがある。私は過去に知覚したこれらの姿を組み合せて、時計師が純金をとるときのイメージをつくりだして行かなければならないのである。

このように過去に知覚したことのあるいろいろな要素を組み合せて、一つの新しい像をつくりだすということは、はじめはこの上なく困難なことに感じられる。日本人がはじめて作品を書くときは、ほとんど自分の体験したことを、事実そのままかいて行くというやり方が多いといえるが、このような書き方をつづけたものが、そこから出て、自分の体験のなかにない像をつくりだすところに行くには、非常な努力が必要である。しかし、ここまで達するには、順をふまなければならないのである。最初は自分が体験したことをそのまま思い浮べて書いて行き、そのうちのところどころを、部分部分を、少し変えるというやり方をはじめる。もちろんこの部分、その一部だけをかえるということも、最初はやはり苦しい仕事である。しかし、まずこのことに習熟しなければ、さらにすすんで体験の外へでて、全体を新しくつくりだすというところまで行くことはできないのである。

作者が体験したことを事実そのとおり書いて行くとすれば、それはすでにあったことであって、作者もまた作者が出会った相手の人物もすでに存在しているのであって、作者がこれらの人間を存在させなくともよいのである。作者の描いて行くイメージは、すでに存在している人物が、作者の眼にうつり耳にきこえたものにすぎないのである。作者はそれを創造し、つくりだすのではない。しかしこの体験した事実の一部をかえようとするとき、その一部は事実はなかったことなのであって、その部分の人物のイメージは全く新しく作者がつくりださなければならないのである。すでに存在するものが、自分の知覚にうつったのを、そのままかくのにくらべて、存在しないものを作者がかく困難は大変なものである。しかし事実の一部をかえるのではなく、はじめからおわりまで、存在しないものを創造するということはさらにまた困難なのである。しかしもしこのことができないならば、小説を書くということはできないといってもよいだろう。小説はただ体験のなかで知覚したことを、そのイメージをあやまりなく造型するというだけでは、でき上らないからである。

小説は作者のもつ思想、人間に対する考え、社会に対する考え、自然に対する考えが、具体的な生きいきとした場面、事件の経過のなかに、一人一人の人物が全力をつくして目的に向ってたどろうとする姿を通して、あらわれるものでなければならないからである。もちろん、作者である私は戦争にであって、これまでの文学者のもたなかった思想、人間に対する考え、社会に対する考え、自然に対する考えをもっている。作者はそれを小説の場面、事件の展開を通じて、人物の形象の発展のなかに、示さなければならないのである。作者の考え、思想はそれ故に小説においては、この場面の展開、人物相互の関係、事件の発展とその解決そのものにあるのである。それ故に作家は自分の思想を読者に理解してもらうためには、人物の相互関係、場面の展開を十分に考え、一分のすきもなくつくられた構想にしたがって、イメージを一つ一つつくりだして行かなければならないことになる。この構想こそフィクションを支えるものなのである。フィクションというのは、この構想全体をさすこともあるし、またこの構想にもとづいて具体的に一つ一つつくりだされるイメージをさしていうこともある。しかし、事実あったことそのままではなく、作者の頭のなかで新たにつくりだされたものという意味なのである。

しかし、頭のなかでつくりだされたものといっても、それは決して勝手気ままに、でたらめにつくりだされるものではない。かつて自分の知覚したものが記憶のなかにたくわえられているのを、組み合せてつくりだされるものなのであり、ある一つの状況においてはまさにそのような姿であるというようなものなのである。それ故にフィクションこそは事実よりも、よりものの本質を映すものであるといわれるのである。

私はいかにして、このようなイメージを構想にしたがってつくりだして行くかということで、長い間くるしんだが、この構想こそは、すでに一つ一つのイメージをうちにおさめているものでなければならないのである。作家とは一つ一つの展開するイメージをうちにおさめている構想のできる人間であり、このような構想をたてることによって、一つ一つのイメージを全体の頁のなかに配置し、そして具体的な人間の姿を動かして、その思想を示すものなのである。それ故に、もしも私がこのような構想ができないとするならば、私は作家の才能をもってはいないということなのである。しかし、私はこのような構想をたてる力を自分のものにすることができなかった。それは何回も構想に失敗して、ようやく手に入れることのできるものなのである。バルザックが最初の長篇に成功するまでに多くの失敗作をかいているというのもまた当然なのである。

しかし、私は私の思想をどうして得たのだろうか。私は自分の思想を、具体的な人間の関係、事件の展開を通して、示すものが、この構想であるといったが、ではこの私の思想はどうしてつくりあげられたのだろうか。もちろんそれは私の体験によってである。それは私の戦争の体験のなかからつくりあげられてきたのである。しかし、体験は決して、そのままでは思想にはなりえない。体験を整理し、その前後矛盾しているものをときほぐし、断片となってとぎれているものをつなぎ合わせて、意味づけしたときはじめてそこに思想は生れる。とすると、私は自分の体験を整理し、思想を得た上で、その思想によって自分の作品を構想したというのだろうか。いや、そのように考えることはできない。私は私の作品を構想し、作品を実現しおわったとき私はむしろ一つの新しい思想を得たといえるのである。では、作品を書く前に私は思想をまだ得ていないのだろうか。いや、そのように考えるのはまたあやまりである。思想と構想の相互関係は、弁証法的な関係であるというほかないのである。

註　以下、私は構想を組立て、筋と場面を設定して行くにあたって、作家が自分の体験と格闘してそれを整理し、思想を得る手つづきを書き、さらにフィクションと思想の関係を考え、つづいて、構想によって一つ一つのイメージのつくられ方がことなってくること、したがって、言葉による文体がまたことなってくることについて、それぞれ分析しようと考えていた。しかし、いま枚数の点からも、時間の点からも、はたすことができなくなった。近いうちにこの続稿をかきたいと考えている。

動くもののなかへ——詩人の発想と小説家の着想

一

私は花をみつめている。花はいま咲きでたばかりだ。花は小さい。まだ二年にもならないのだろう、二尺ばかりの枝にこぶしほどもない花が三つばかりひらいている。牡丹にしては小さい薄い紙のような花弁がまだひらき切らず、幾重にも重なって、黄色の太い蕊をかかえるようにしてとりかこんでいる。赤子の手のような小さな緑の葉が、指を三本つきだし、花のように風を呼んでいる。花は風にあらがい、やがて身をもがれるように、花弁をちぎりとられる。すると雨にたたかれて黒い土の上におちるや花びらはたちまち色をかえる。花びらはみるみる庭にひろがる。一枚一枚色をかえ、やがて庭の色をかえる。

私は花の色をとらえようとする。花の色は紫色だろうか、薄桃色だろうか、それとも全くの灰色だろうか。しかし、黄色い蕊をだいた内側の花弁は、幾重にも色をかさねたように赤色に近い。しかし土の上におちるやそれはたちまち青色に近くなる。私はこの花のなかに動くもののあるのをみる。花は私をまねいているかのようだ。私は真直に花のなかにはいって行こうとする。しかし私が花に近づくや、花はたちまち、私を花の外につきもどす。私は幾度か私のうちから言葉をとりだしてくる。私は私の言葉に全力をこめて、花の方にせまって行く。私は花のひだのなか深く入ろうとする。そこに動く花の影のただなかへくぐり入ろうとする。私は、私の言葉をその動く花弁の影の上に重ねる。すると影は光のように下から私の言葉の裏をてらす。そしてみるみる私の言葉はまるで生命をうしなった木くずのように、その花弁からはがれてしまう。私の言葉は花の動きをとらえようとして、とらえる力をもたなかったのだ。しかし私は再び私のなかの新しい言葉をもって、花弁の方へ近よって行く。一瞬一瞬に風にふきつけられて色をかえて行く花。この動いている花をとらえるには、動いている花のなか深くはいり、この花の内からこれをとらえるほかにはとらえることはできないだろう。そして私は、それを繰返す。

動いているもののなかへはいるというのが私のめざすところだった。動いているもののなか深くはいり、動いているものをそのなかからとらえる。私が、詩からとりだしてきたのはこのことだった。私が花をとらえるとすれば、私のとらえた花は、私が見る花のようにたえず動きのなかにある花であり、たえず一つの色から他の色へ色をかえている花でなければならない。しかしこのような動きのなかにある花を、言葉によって実際に実現するには、多くの困難がある。言葉は花のように動いているものではなく、むしろ固定したものだからである。この固定した言葉をもって、たえず動いている花をとらえ、表現するには固定した言葉に動きをあたえなければならない。動きをあたえるというだけではなく、たえず動いている花と同じように動かすことが考えられなければならない。これに成功するときはじめて、私は動いている花を、詩のなかに実現することができるといえるのである。

しかし言葉を動かすにはどうすればよいだろうか。それは日常生活のなかで次第に生命を失い、動きをなくしている言葉に、動きを取りかえすよりほかには方法はない。それなくしては一瞬ごとに色をかえて動く花の姿をとらえて、花をここに実現することも出来ないし、言葉によって花をとらえたと考えて、よくみればそこには花ならぬ花があるにすぎないということになってしまう。


「詩は言葉のみを以て建築された世界である。

言葉を惜しまねばならない。

黄金の如く金剛石の如く言葉を尊重せねばならない。

言葉を生かし、働かし、変幻きはまりなく、進展かぎりなきその生命を伸長させねばならない。

これ程明かな事柄はない。然るにこれ程明かな事柄が現在の日本では余りに深く考へられてゐない。或ひは余りに多く関心を持たれなさ過ぎる。

人は詩人の名に於いて、このことを恥ぢなくてはならないだらう。」


これは「黒豹」の詩人の詩論のなかの一断片である。私は言葉を生かし、変幻きわまりのないものにしようと考え、それに全力をそそいできた。言葉はもともと日常の生活のなかに生きるものであり、そこで用いられるものである。しかし、その日常生活が、活気を失い、平板なものであれば、そこで用いられる言葉はたちまち窒息し、生気を失い、まるで手から手へと手渡しされる、銅貨のようなものになってしまう。このことは詩を書いた体験をもつものが、心にかんじとるところである。それは一つの詩の作品のなかで用いたと同じ言葉を次の作品のなかで用いる場合、その言葉のなかに動いている力をいかにかえるかという問題でもある。もしこれに成功しなければ、その一つの言葉は前の作品と次の作品とでは一つの銅貨をくりかえし使ったにすぎないようなものになる。詩の言葉はそのような言葉であってはならない。詩の言葉はそのように道具となるものではなく、言葉そのものが描こうとする対象にぴったり重なり、それと一つになって動いているものでなければならないのである。

「黒豹」の詩人はさらに次のように書くが、それはまた私が詩によってめざすところだった。

「例えば花を歌っている詩があるとする。この詩の言葉は何処までも詩人の生み出した言葉であって、言葉そのものが花になっているのであり、普通にいわれている花という意味を表現するのが目的なのではない。そういう表現を遙かに越えて、純粋に花そのものとなり、言葉に於ける花の世界自体がそこに働いているのである。恰も自然に花の世界があるように言葉に花の世界がある。それは全然異った二つの世界でありながら然も根本に於いては同一である。なぜなら自然の存在である処の花の世界というのは詩人の場合には詩人の人格的活動の対象としてあるのであり、詩の上に於ける言葉の存在である処の花の世界というものはこの詩人の人格的活動の結果としてあるにすぎないからである。」

ではこの二つの世界を一つにするものはなんであろうか。それが言葉を動くものとし、動きつづける存在と一つのものにする詩の力なのである。

「存在は一つの運動である。

言葉は一つの運動である。

根源の世界に於いて、それは一つである。

存在を根源の世界に還元することに依ってのみ（そしてそれは純粋感情に依ってのみ）之を言葉に変形することが可能である。

そこに言葉の発生がある。」のである。

私はこのように言葉を考えてきた。それ故に私が「暗い絵」を書いたときにも、私は言葉をこのように考え、このように生みだしていたのである。

二

「暗い絵」についてはすでに書いたように戦争中の自分をふくめた、青年の思想、心理、肉体というものについての反省であるが、私はそれを当時の青年の肉体のなか深くはいることによってはたそうとした。私は人間の肉体をそれが生き、動いているままにとらえようとしたのである。それ故に私のこの小説の言葉は非常に詩の言葉に近いものになっている。例えば主人公が小泉清という戦争と時代に対して妥協的な考えをもった友人に会ってかえり道で、自分自身の内面をふりかえるところには、次のような言葉があるが、私はこの五行ばかりの言葉のなかに、黒豹の詩人の詩の言葉をはめこんでみた。このことははじめて私が明かにすることなのであるが、私は詩人の詩の一行を私の小説の行のなかにはめこんで、使ってみたわけである。しかし私は自分の小説の文章を奇妙なものにするということはなかった。その借りてきた一行は全く私の小説に必要な一行だったのである。

「彼の頭の奥に映る大空の暗く輝く巨大な銀河の広い層の深みの中で、沸々とたぎるような、黒い炎をあげてつっ走っていくような思惟と形象の生命の激しい流れが、彼の身体の端から端を通り抜けて身体の奥底へ落ち込んでゆくように思えた。そしてその姿ばかりで出来ているような暗い重い疾走する流れの中で、小泉清のあの顔が真二つに割れ、《何？　こういう点は別に考えても卑怯じゃないんだよ。後で同志を裏切るような結果を生むより、よく考えて見るべきなんだ、か。何を言やがる、自我、自我、自我だ。貴様もやっぱり自我の亡者に過ぎんのだ。俺と同じように、自我、自我、自我だ》深見進介は彼の全身の力を集めて彼の体をほとんど顚倒させるかのように、暗々と彼の頭と心臓を同時に走り去りながらしかもこの上なく鋭敏に彼の外界と内界とを等しく映し出す感光力、一瞬、一秒、千分の一秒を数える感光力を持った黒い嵐のような、意識と本能の動きを支えていた。」

このなかの一瞬、一秒、一千分の一秒を数える感光力という言葉は「黒豹」の詩人のものである。それは「あらし」という詩の第五連のなかにある。

雲のなかに機械の廻転は無限に増大する、
空には自から孕まれて来る黒い暴風、
一瞬、一秒、一千分の一秒を数へる感光力、
土地の震へ人の叫び、木々の葉つぱはキラキラと輝き、
鈍重な太鼓の音に谺する空の昂奮。

私は「暗い絵」では、このように詩の言葉がそのまま、行のなかにはいるように言葉をつかっているのである。それは私が言葉によって人間をそれが生き動いている状態のままにとらえようと考えたからであって私は人間を生き動いているままにとらえるために、それをとらえる言葉を生きいきと動くものにしようとしたのである。しかし私は次第にこのようなところから出て行かなければならなかった。私はこのような方法によって言葉を動くものにし、それによって動いているもののなかへはいり、動いているものをとらえることが出来たとしても、それは短い期間、さらにいえば短い瞬間に近い期間の動きにすぎないからである。しかしなお私がそこからすぐに出て行くことが出来なかったのは、私をとらえていたフローベールの文体論のおかげである。私はフローベールの「感情教育」のあのフォーテンブローの森のところの文体に長い間とらえられていて、そこから足をぬきとるということが出来なかった。例えば次のような森の荒々しい動きをとらえているところの工夫した文体である。

「ざらざらした巨木の柏は痙攣したように地からのび出し、たがいに抱きしめあっている。そのトルソのように幹の上にがっしり落ちつき、裸の腕で、絶望の叫び、荒々しい威嚇をかわしあっている様な怒りに佇立した巨人族を思わせた。池の上には何かもっと重くるしく、熱病の瘴気に似たものがただよって、茨のしげみの所々から水面がのぞいている。狼が水飲みに来る堤の地衣は、硫黄の色をして、魔女の足跡で焼かれたようだ。そして蛙のたえまなしの鳴声が空をまう小鴉の叫びにこたえていた。それから二人はあちこちに苗樹をのこした林のまばらな所をすぎた。鉄をうつ音、いくつもがんがん鳴る音が響いてきた。丘の中腹で石切り工夫たちが岩を打っていたのだ。岩はだんだん多くなり、ついには全景をみたし家のように立体形となり、板石のように平べったくもなり、支えあい傾きあいもつれあって、まるで埋もれた都市の原形をとどめぬ奇怪な廃墟のようであった。」

フローベールはうねうねとした文体によってつき出た樹木の動きをそのまま読むものの視覚のなかに再現しようとしたのである。ことにその動詞の選びかたに多くの努力をつかい、それによってともすると静止しようとする言葉を動きのあるものにしようとした。しかしいかに言葉に動きをあたえて、そこにあるものの動きをとりだそうとしても、その動きは短い期間の動きであり、瞬間の動きにすぎないのである。それ故にフローベールがいかに努力しようとも、彼のとりだしたものは、むしろ静止しているかのようなのである。運動そのものはそこには出てこないのである。私はフローベールのこのような文体の考えから出て行かなければならないと考えたが、では私はどのようなところに出て行けばよいのだろうか。私がその後長い期間をかけて全力をかたむけていたのはこの問題である。

私が考えたことは第一にはいかに言葉を動かそうとも、それだけでは描く対象の動きをとらえることは出来ないということである。つまり文体そのものを動くものにしようと努めてもそれをもって動くもののなか深くはいるということは出来ない。動くもののなか深くはいって動くものをとらえてくるためには、作家の立っているところが動くのでなければならないのである。例えばフローベールのように、クロワッセの静止したところに立っていては、その作品のなかのいろいろな事物はまた静止してしまうのである。バルザックやスタンダールの作品のなかの書物が動いているのは、これらの作家が社会の動きのただなかに立つことができたからなのである。もっとも現在は社会の動きのただなかに立つといっても、この社会はバルザックの頃の社会とはちがって、その社会の政治はただちに作家をのみこみ、方がくさえ見えなくしてしまうのだ。私もまた一時あやうく全く自分のすすむみちを見失ってしまわなければならないような状態のなかにつきおとされるばかりになったのである。第二に言葉そのものに動きをあたえるというよりも、むしろとらえようとするものの姿をそこに動かすことが出来なければならないのである。言葉を動かすというよりも、ものの姿を動かすということが出来なければならない。例えばバルザックの「ゴリオ爺さん」のなかの次のようなところにはこの考えがとりだすことが出来るのである。

「多くの兵士の足音と銃の響とが、下宿の正面に沿った砂利道の上に聞えた。そこでトロンプ・ラ・モールの逃げ出す望は全く断たれてしまった。すべての視野は否応なしに彼に集中した。保安部長は真直ぐにコランのところへ行って、いきなり彼の頭をこっぴどくひっぱたいた。そこで鬘がふっとんでコランの頭はすっかりその恐ろしい正体を暴露した。赤煉瓦色の頭に髪の毛が生えているその頭は狡知と精悍とが一緒になったもの凄い性質を示していた。」

ここでは言葉を動かすということはなされてはいず、ものの姿が動かされているのである。もっともこれはバルザックの生きていた時代の動きをつたえるものである。現代にあっては、ものの動き、運動はさらにはげしいものとなり、そこに矛盾があらわに示されている。自然のなかからは原子力がとりだされ、社会の動きは地球上を一つなぎにして大きく動いている。いかにしてこの動くもののなかへはいり、それを動くままにとらえ、それを動くままに表現するかという問題は、さらに新しい内容をもって、私にせまってくる。動くもののなか深くはいるという問題こそは、さらにまた私の新たに解かなければならないものなのである。

綜合的文体――椎名麟三氏の文体

一

椎名麟三の文体について考えるにあたって、またもや私の前に浮んでくるのは、以前私も『展望』に『時計の眼』という小説を連載していたとき、彼がその小説を批評して、ここには未来の光があたっていないという言葉をもちだしたことである。私はその言葉を椎名麟三からもらったとき、しばらくの間その言葉の意味を、自分のものにすることが出来なかった。しかし私はその後その言葉の意味を理解するようになったが、私は椎名麟三のその言葉こそは、彼の作品を考えるにあたって、重要な言葉だと考える。その言葉は私が自分の文学を考えるうえでも重要な言葉だったが、それはまた彼の作品のなかにはいるにあたっても重要な言葉だったのだ。

椎名麟三の言葉の裏から、その未来の光がみえるようになるのは、何時頃のことだろうか。いや、その最初の作品『深夜の酒宴』の言葉にすでにその光を見ることが出来るのである。この『深夜の酒宴』はすでに一つの思想を結んでいる文体である。それは戦争で長い間とじこめられていたものが、苦しみにもがくようにして作者のなかから出てきたというよりも、それはすでに一つの完結した作品の形と思想をもって作者のなかからとりだされているといえるのである。

『深夜の酒宴』をはじめて読んだとき、私はこの作品のなかにととのった形式があるのを感じ、それが私の作品のなかにはないということを考えた。私は『暗い絵』からはじめて、当時全く手さぐりのようなやり方ですすんでいたにかかわらず、椎名麟三はすでに自分の一つの文体とその文体を支える思想とを持っていたのである。たしかに彼は一つの世界を確立していた。それはこの『深夜の酒宴』に多く用いられている「……のだ」という「だ」止めにあらわれているといえるかも知れない。

朝、僕は雨でも降つてゐるやうな音で眼が覚めるのだ。雨はたしかに大降りなのである。それはスレートの屋根から、朝の鈍い光線を含みながら素早く樋へすべり落ち、そして樋の破れた端から滝となつて大地の石の上に音高く跳ねかへつて沫をあげてゐるやうに感じられる。しかもその水の単調な連続音はいつ果てるともなく続いてゐるのだ。ただこの雨だれの音にはどこか空虚なところがある。僕が三十年間経験し親しんで来た雨だれの音には微妙な軽やかな限りない変化があり、それがかへつて何か重い実質的なものを感じさせるのだが、この雨だれの音はただ単調で暗いのだ。それはそれが当然なのであつて、この雨だれの音は、このアパートの炊事場から流れ出した下水が運河の石崖へ跳ねかへりながら落ちて行く音なのだ。

いやこの「だ」は、「僕」自身を眼覚めさせる雨だれの音であり、外部から「僕」自身をたたきにくる物音なのである。私は物音といったが、それこそ椎名麟三の重要な要素なのであり、彼の実存こそは、物と一つになった音であり響きであり、さらにひろがって行く楽音なのである。私は椎名麟三を音楽的な作家と考えている。私はこのことをこんど彼の作品を読み返してみて、いよいよたしかなものとして感じとった。

　いやこれを音楽的という言葉でよぶことが出来るかどうかはまだ疑問である。しかし先ず椎名麟三が音にするどい感覚をもち、音のイメージを何よりも先ず、とらえることのできる作家であるということはいえるだろう。しかし私はこのことをなにも『深夜の酒宴』が雨だれの音からはじまっているのを読んだだけでいっているのではない。この小説を少し気をつけて読むならば、そこに多くの物音がとらえられているのに気づくだろう。主人公の「僕」はじっとしてただ自分の周囲の音や声をきこうとしている耳であるといえるかもしれない。この「僕」に音がきこえなくなるというのは、ただ「僕」が酒をのんでよいつぶれてしまったときなのである。この小説の結末は次のところで終っている。


「それもいいですねえ。」

と僕は大儀な気持で立上つた。深夜の廊下は打つて変つたやうにひつそりしてゐた。そしてどこかの部屋から、男の息苦しさうな鼾がとぎれることもなく聞えてゐるのだつた。僕は加代の後について行きながら、心に幾度も繰り返してゐた。やせ犬のやうにか！　全く何といふ女なんだらう。だが僕は間もなく加代の部屋で酔ひつぶれてしまつたのだつた。飢ゑのために身体が弱つてゐるからだ。だが酔ひつぶれながら、僕はただ一つのことをぼんやり覚えてゐた。それは加代が酔ひつぶれてゐる僕の頭を子供のやうに撫でながら、脱けて来る髪を指に巻いては畳の上へ落してゐたことだつた。

「柱時計の音」や「苦しさうな痙攣的な咳」や、「坊主の読経」や「子供の泣声」やその他さまざまの音がとりだされる。といっても別に微妙な音や複雑な音ではなく、日常的な音なのである。そしてここに登場してくる人物たちもまたその声の特徴によってとらえられている。私がこのように音にたいする椎名麟三の反応をとりだそうとするのは、その文体のリズムを音楽的なものとしてとりだそうと考えているからなのである。もちろんその文体が音楽的だといっても、決してそれは象徴派の文体のような意味で音楽的なのではない。象徴派の文章ではその使う単語が互いに前後に関係し合いながら、終りの方へとなりひびいて行くのであるが、椎名麟三の文章はそのように単語が前後に関係し合うというのではなく、前の文章はただ次の文章をよびだし、次の文章がさらに次の文章をよびだして行くという風に、リズムが次々と流れて行っているのである。それは椎名麟三をつらぬいて動いている流れである。椎名麟三はその流れの上にのって、次へ次へと自分の位置を移して行っているのである。

彼は日本の多くの作家が一つの場所にじっと坐りながら、自分の前に次々と書くべきものの姿を、絵巻物のようにひろげて行くことを求めるのとはちがって、自分自身をその流れるものの上にのせながら、次々とうつりかわるものの姿をとらえて行くのである。文体というものが、ものを書くにあたってあらわれる抵抗物をしりぞけて行く作者の呼吸に支えられたものだと考えれば、先ずこの椎名麟三のリズムは作者が、この題材のなかを通り去るときのスピードそのものであるが、それはむしろ重さにたえるという主題に反して次々と動きをのせて行くような調子をもっているのである。しかし実際はすでにこの作者はこのとき主人公の「僕」とはちがって自分自身の自由を自分のものにしていたのであって、それがこの彼の文章のリズムを支えていたのであり、この文章のリズムはやはり自由を自分のものにしていた彼の作品にふさわしいものだったのである。

二

椎名麟三の自由というのは、何なのだろうか。もちろん彼の自由は決して固定したものではなく『深夜の酒宴』以後ずっと変化している。しかし彼の出発点である、この自由こそは、この『深夜の酒宴』の文体のなかに出ているものなのである。それは人間の主体とそれをとりまく環境とが、主体のなかで、というよりも主体の意識内部のなかで一つのものとなった（実存とこれをよぶとすれば）のを自分のものとして意識するところに生れるものである。『深夜の酒宴』の、次々と流れる言葉をつらぬくリズムは、この実存を自分のものとして意識する方法そのものなのである。もちろん実存を意識するといっても、椎名麟三はこの実存が普通の日常の意識によって、意識することができないということをはっきり知っているのである。実存を意識にのぼせるためには、動いて止むことのない実存の動きをつらぬくリズムにのって実存のなかにはいるほかにはないわけである。

全く部屋にゐると井戸の底にゐるやうなのである。僕の部屋は畳なのだが、押入も戸棚もない。そして天井が思ひ切り高いのだ。ただ一つの明りが、手の届かないほど高い小窓からやつと部屋のなかに流れ込んでゐるだけなので、昼間でも薄暗い。しかもその二尺四方の小窓には、驚いたことには鉄の格子がはまつてゐるのだ。

そのリズムはそのような説明的な部分にも、ずっと一貫して流れていて、次へ次へと、各文の頭部のところに力を集中させている。まるで海辺に次々とうちよせてくる波のようだということができる。しかし海辺にうちよせる波というのでは、次々とうちよせるのは無数の波であるが、ここでは動いているのは一つのリズムであって、そのリズムが、次々といろいろなものにつきあたって波をつくり、また次へと移っているにすぎないのである。

各文の頭部にある、この「全く」、「僕の」、「そして」、「ただ一つの」、「もしか」などこそは、そのリズムが、椎名麟三の内から出て行って、そのいろいろのもののなかへはいって行く、波頭であるといっていいかもしれない。しかしこの「全く」にしても「僕の」にしても「ただ一つの」にしても決してこれだけがはなれて存在しているのではなく、ただちに「全く部屋にゐると」という風に、「部屋にゐると」につづき、それは「僕の部屋は」、「ただ一つの明りが」も同じなのである。言葉は一つ一つが切りはなれてはいない。それは実存の動きをつらぬくリズムにつらぬかれているのである。例えばこれをサルトルの『自由への道』のなかの一つの文章とくらべてみれば、そのちがいがよくわかるだろう。

彼女の凝視する眼ざしのなかで何かが外れ、眼球は自由自在に眼孔のなかでとび廻っていた。彼女はもはや彼をみることはできない、彼もまた彼女の視線にもう煩わされないのだ。黒っぽい衣服と夜とに包まれた彼の罪深い肉体は保護されているかのように、少しずつ生温さと無邪気さとをとりもどし、衣服の下でふたたび花開きはじめた。

サルトルの言葉ははるかに絵画的、視覚的である。それ故に、この視覚的な言葉をつみかさねて、その言葉のさし示す姿のさらに奥の方に動いているものを、見せようとする方法がとられているのである。「凝視する眼ざしのなかで何かが外れ、眼球は自由自在に眼孔のなかでとび廻っていた。」これは凝視する眼ざしが、自分の意識からはなれて、その見ているものと一つになっている瞬間のことである。この自由な動いている実存をサルトルは、実存の状態を示す肉体の状態、眼球や眼孔をとりだして、明らかにして行くのである。しかし椎名麟三はそのような方法ではなく、直接に実存の動きをつらぬくリズムを自分のものにし、それによって、次々とその実存を追って行くのである。もちろんそれは椎名麟三の聴覚的なイメージを展開する資質から自然に生れてくるところであって、この二人のどちらがすぐれているかというような問題はそこにはない。

椎名麟三の自由とは何だろうか。それをここで考えてみなければならないが、それは、このことを考えないではこの文体を支えているリズム、呼吸を明らかにすることは出来ないからである。「訴えたいことをどう描くか」という文章のなかで椎名麟三は次のようなことを書いているが、それは彼の自由の考えをかなりやさしく手に入れることのできるものにしている。

書く前の楽しさというものは、自分の訴えたいことが訴えられるという可能性へ自分をひらいていることが出来るからだ。だがそれが書かれるためには、自分の訴えたいこと、或いは訴えたい自分が、他人への関係において考えられなくてはならない。端的に云えば自分の訴えたいことが、他人にとってどんな意味をもつかを考えなくてはならない。わたしの身の上話は、小説のネタになりますよ式な取引も、一つの意味だが、セルバンテスが何かの本の序文に書いていたように、小説を読んでも腹の足しにならないのだから、このような現実的な取引きは小説に関するかぎり、根本的に成立しないのである。

だが、ぼくは、小説を書き出したころ、この最初の段階でよく躓いたものだ。自分の訴えたい自分の苦しみを、他人への関係において眺めると、訴えたいことがだんだん、重要さを失ってかげがうすくなり、くだらない無意味なものになってしまうことが多かった。

自分の腹をへらしている苦しみを例にとって考えて見よう。何かの目的のある断食の場合ではそうでもないが、失業していて、することもなく腹をへらしているときの苦しみは、知るひとぞ知るのである。一瞬一瞬、自分というものは、飢餓への意識だからだ。しかもこの意識は、一塊のパンを手に入れないかぎり解消出来ないものなのである。

しかしこのようなあまりに現実的な痛切な苦痛でも、他人への関係に於て考えて行くと、他人にとっては、ぼくのこんな苦しみなんか、何の意味もないだろうという気がして来て、他人へ訴えかける情熱を失ってしまうようになる。書きかけてはくだらない気がしてやめ、また書きかけてはくだらない気がしてやめ、ついに書けなくなるということが、よくひとから訴えられるが、そのようなときは、自分の痛切な体験への関係と他人への関係との間に動揺している場合が多いようである。

ぼくは、この自分と他人との弁証法的な困難から逃れるために、最初、ぼくのいま欲している一塊のパンが、「人間として」何を意味しているかを考えたものである。……たとえば一塊のパンの場合は、自分がいまそれを欲しているのは、ほんとうにパンなのかと考えて行くと、パンなんか問題ではなくて、飢えから自由になりたいのだとわかる、さらに考えて行けば、ぼくが欲しているのは、たしかに飢えからの自由であるが、ほんとうは、あらゆる欠乏からの自由を欲しているのだ、さらに欠乏からの自由だけではなく、人間としての自由を要求しているのだ、と思いあたる。だから、現実の自分は、パンを欲しているのだが、「人間として」は、自由を欲しているのであり、だからまた、ぼくはぼくの一塊のパンを描きながら、徹頭徹尾人間の自由を問題とすることによって、同じ人間である他人の問題となり得ると思ったのである。(『訴えたいことをどう描くか』)

このように椎名麟三のとりだそうというのは、この「一瞬一瞬、自分というものは、飢餓への意識だからだ」という、この自分としての飢餓への意識なのである。パンがなくてパンを求める自分、それを飢餓への意識としてとりだしてこそ、ほんとうの自分がとりだされるのである。

しかしそれは決して自然主義リアリズムによってとりだすことは出来ない。なぜといって自然主義リアリズムは、そこに在るパンとかそこにある石とか、台所とか身体とかはとらえられるが、そこにないパンを求めている飢餓への意識をとらえることは出来ないのである。しかしこの飢餓への意識というものも、ただそれをそのままとりだしたのでは、まだ他人にたいして、説得性をもつことができない。なぜといってそれではパンを求めているひとには痛切にひびくかも知れないが、野菜を求めているひと、水を求めているひとには痛切にひびくことがないかも知れないからである。そこから椎名麟三の自由の追求がはじまる。ないパンを求める飢餓の意識をさらに深めて、飢餓から自由になりたい意識としてそれを考えて行く。さらにそれにとどまることなく、あらゆる欠乏からの自由の意識としてそれを考えて行く。さらに欠乏からの自由だけではなく、人間としての自由の意識としてそれを考えて行く。

もっとも彼の書こうとしている一人の人間はただパンを求めて餓えている一人の労働者なのである。しかし椎名麟三はこの一人の労働者を労働者に代ってそのなかにはいり、その労働者のパンを求める意識を深めて、人間としての自由の意識として明らかにして行く。そしてその人間としての自由の意識のところから、現在のパンを求めるその労働者の意識をてらしだしているのである。すると労働者のパンを求めて苦しんでいる労働者そのものの現在が、生々ととらえられ、しかもそれが多くの他の人にも関係のあるものとして、とらえられるのである。

椎名麟三の文章を支えているリズムとは、この自由の意識を流れるリズムなのである。彼はいつもこの作中人物の自由まで達することなしには、ペンをもって作品を開始するということはないのではないだろうかと考えられる。彼は作品をはじめる前に、多くのノートをとり、そのテーマを深めて行くのであるが、私はこのノートこそは、彼が各人物の自由をとりだすためのノートなのであると思う。もちろんこのノートには人物の生立ちや、放浪やそのセックスやまたくせや、すきな食物や、その人物の見た風景や歩いた道筋などが、こまごまとかかれていることだろう。しかしそれだけでは椎名麟三を椎名麟三とするものが何かを見出したことにはならないのだ。私はそのノートをつみかさねながら、一歩一歩彼が人物の意識の深みにはいって行く姿をみいだすのである。しかしなおそれだけでも椎名麟三の創造の秘密は明らかにされたとはいうことはできない。私は彼がまるで音楽家が、そのライト・モチーフを闇のなかからとりだすようにして、自由のリズムを取りだしてくるのを想像するが、もちろんこれは視覚的なイメージの展開を中心にしている私が、聴覚的なイメージの展開を中心においている椎名麟三に対してする想像なのである。

三

しかしこの点はいましばらくおいて、文章のリズムにかえるならば、このリズムは決して作中人物の意識に直接につながるリズムではない。またそれは椎名麟三の意識に直接につながるリズムでもない。それは自由のリズムであって、直接のものから解放されているのである。それはパンに直接につながっているのでなく、パンを求める意識を解放するリズムなのである。このことは重要なことであって、このことを理解しないならば、決して彼のユーモアを理解することはできない。ユーモアは自由の上にたってはじめて生れるものであって、或る意味では椎名麟三の文体のなかを流れるリズムそのものがユーモアなのである。

この自由は作品の自由である故に、その作中人物の意識の矛盾をてらしだし、ときはなつことができる。しかしまた逆にそれはその意識のなかの矛盾をとりだして行くものである故に自由なのだともいえるのである。たとえば次のような表現こそそこのことをよく示しているものなのである。「僕は元来臆病なのだが、それだからまた陽気なことが好きなのだ。」このような矛盾をつみかさねて、彼は現在の日常の人間そのものが、矛盾であることをとりだして行く。しかしこの矛盾は決して自然主義リアリズムによってとりだすなどということは出来ないだろう。それをとりだすことが出来るのは、彼がこの矛盾から自由になったところに立っているからであり、そこに彼の呼吸があるのである。

また次のようなものと同じものである。

「だが、僕が昔共産党員であつてしかも在獄中気が狂つたといふ理由によつて」とか、また「ことに今日はといふ挨拶やお天気の話などは、挨拶のなかで一番重要な深い意味をもつてゐるのだから、僕はそれだけで至極満足してゐる」など。……元来臆病なのだが、それだから、陽気なことが好きなのだ、という文章をみてもわかるように一見全く矛盾したことがらが、一つの文章のなかに同時に置かれる。しかもこの一見矛盾した二つのことがらは、「だが」とか「しかも」とか「なのだから」というような簡単な接続詞や助詞によってつながれ一つにされるので、余計にその二つのことがらは互いに衝突するし、ひとに奇異の感をあたえるし、ユーモアを発するのである。しかしこれは決してこの二つのものをわざわざ意識的に彼がくっつけたというようなものではなく、自由な意識の立場にたつとき、ひとりでにこの矛盾する二つのものが、てらしだされてくるのである。

椎名麟三はこの方法、——この文体そのものと化している方法によってやすやすと一人一人の人物の矛盾をとりだしてくるのである。例えば戸田夫婦については次のような矛盾がとりだされている。戸田の細君のおぎんは「勝気で働き者だ。」「廊下を掃いたり、やもめの仙三の身の廻りの世話をしたり、アパートの配給から菜園の手入まで引受けながら、その上夫の面倒まで引構へてゐるのだ。」ところが夫の戸田は全く非実際的な人間である。「おぎんはアパートの人々の人に知られない秘密にも通じてゐて、人々の弱点に少しの容赦もないのだが、おぎんの一番我慢のならないのは、男の生活的な無能力だつた。それでゐながら戸田に対する態度はそれと矛盾して、かへつて戸田の責任のない非実際的な性格を愛してゐるやうなのだつた。」

このような矛盾のとりだし方は、さらにもっと短い文章のなかにもあらわれる。

「僕は何のためにこの手記を書きはじめたのだらう。このアパートの人々の生活や気分と云つたものを、記録しようとしてゐるのであらうか？　或ひは一切が古くさい昔話と変らないといふことを証拠立てようとしてゐるのであらうか？　いや、これらの人々は僕に深い絶望を与へるのである。」「僕の心のなかにある或る憧憬を救ひやうのない絶望に陥れるのだ。」「だがそれが却つて今の僕には快い。」「僕は自分の絶望を愛しはじめてゐるのである。」「勿論その愛は憂鬱だ。」「だが憂鬱といふ奴は、夜寝床へ入るときのやうな楽しさを与へて呉れるのである。」ここではこのように対立し合ったものが互いに主語となり述語となっているわけであって、この主語と述語をつなぐものは、助詞である。

しかしこのような全く対立する主語と述語が、そのまま等置されるというのは、次のような思想の支えがあるからなのである。「僕には思ひ出もない。輝かしい希望もない。ただ現在が堪へがたいだけである。現在が堪へがたいからと云つて、希望のない者には改善など思ひがけないことだ。一体何をどう改善するのか。欲望といふ奴は常に現実の後から来る癖に影だけは僕たちの前に落ちてゐるので、その影にだまされて死ぬまで走りつづけるやうな大儀なことはしたくないだけなのである。だから僕をニヒリストだと思はれるのは至極道理だ。だが僕の世界中で一番きらひなものは、このニヒリストといふ奴なのである。」

しかしこのように椎名麟三は、対立するものをとりだし矛盾を明らかにするのにすぐれているが、その対立するものそのものの細部をとりだすという点に欠けている。そしてそれはむしろこの彼の対立するものを助詞や接続詞でつないでとりだしてくるその文体、それを支えるリズムによるのである。もっともそれは彼の聴覚的なイメージの展開そのものに原因しているのだと考えられる。

安部公房はパヴロフの心理学の実験から人間の聴覚が綜合的であり、人間の視覚が分析的であることをひきだしてきているが、或いはこのことは椎名麟三の世界に適用できるのではないだろうか。視覚的ではなく聴覚的な椎名麟三は、ものの細部を一つ一つ分析的にとらえてくることに欠けるところがあるのかもしれない。彼がひとにすぐれているのは、ものの綜合的な把握であるが、このことは彼の文体にはっきりとあらわれているところである。私は椎名麟三にくらべて、自分が分析的であって、綜合の点に欠けているということを感じる。椎名麟三が私の作品を批評して未来の光があたっていないといったのも、全くこのことに原因しているのである。私はいろいろのものごとや人間を、こまかく分析するとはいえ、そのものごとや人間の自由を考えつくし、それをとらえるなどというところまで行きつくことが出来ていなかったのだ。しかし私はここでは椎名麟三が、戦後すでに誰よりもはやく自分の思想を確立していたということをいいたいと思う。そしてそのことは彼のこの文体にはっきりあらわれていることなのである。彼と比べるならば、戦後の他の作家は思想的にはなお多くの模索をしなければならなかったのである。しかしまたそこに椎名麟三の苦しみも生れてくる。このことについてはここではくわしくとりだすことは出来ないが、確立した思想をもって、いろいろなものごとにのぞむとき、彼はそのいろいろなものごとの過程をとりだすことが出来にくいのである。

私は椎名麟三のある文章のなかで、対立し合ったものが互いに主語となり述語となっているということ、この主語と述語をつなぐものが助詞にすぎないことを書いた。しかしこのように対立し合っているものが、統一されるということは弁証法の一つではあるにしても、その対立し合うものが主語と述語となり、それが助詞でつながるというように限ることはできないのである。このことは椎名麟三がその綜合の場所をひろげて行くならば、ただちに考えることが出来ただろう。そして実際に彼はそうしているのである。

椎名麟三は例えば最近の「美しい女」では一つのものが、一つのものからそれの丁度反対のものへ移って行く過程をとりだすところへ出てきているのである。彼はこのとき『深夜の酒宴』の文体によっては、この過程の弁証法をとりだすことが出来ないということを考えている。なぜといって『深夜の酒宴』のころに生れた文体によっては、時間の推移を追求するということが出来がたいからである。

『美しい女』は、時間の推移のなかに人間が一つのものから他のものへ、反対のものへと移って行く過程をとりだして行くための実験である。しかし彼はこのときに於いても人間を欠乏への意識としてとらえることを放棄しているのではない。ただ彼はそれをこれまでよりもひろい場所で、歴史の場所でやりとげようとしているのである。それ故にその時間の推移は自然主義的な時間の推移ではないわけである。しかし私は『美しい女』の文体がはたしてその歴史的な時間の推移をとらえるにふさわしいものとしてなりたっているかということを考えると、多くの疑問にぶつからなければならない。しかしこのことはすでに椎名麟三の考えつくしていることではないだろうか。彼はさらに歴史のなかに深くはいる言葉をとりだすために前進をつづけるにちがいない。

「破戒」について

詩集「若菜集」(一八九七年、明治三十年)をもって抒情詩人として出発した島崎藤村は、北村透谷を中心とする「文学界」のロマンチシズム運動をへて、日本のリアリズムの文学、自然主義文学へすすんで行く。「破戒」は藤村がリアリズム文学に移って行った最初のすぐれた長篇小説であるが、これはまた日本の自然主義文学の最初の作品なのである。

「破戒」は藤村の小諸の七年間の教員生活のなかで準備された作品ということが出来る。藤村はこの間詩から散文にうつるにあたって、ダァウィンの「種の起源」やフローベールの文学を学び、自然の「スタディ」と自分で呼んでいる自然と生活のスケッチをつみ重ねて行った。これは後に「千曲川のスケッチ」になったが、藤村はこれによってものを見る眼を磨き、見たものを正確に表現する散文の言葉と文章を自分のものにしたのである。これにとどまらず藤村は一方外国文学、主としてフローベールの「ボヴァリー夫人」等自然主義小説を研究し、そこにある小説の法則をとりだし、それによって習作と呼ぶ「旧主人」「藁草履」等を書き上げて行った。「破戒」はこれらの準備の上にはじめて出来上った作品である。

「破戒」は一九〇四年（明治三十七年）に書きはじめられた。出版されたのは一九〇六年（明治三十九年）である。ちょうど日露戦争のただなかに書かれたのである。当時、文学の友である田山花袋は従軍記者として戦地に出発していたが、藤村は自分自身を「人生の従軍記者」と考え、大きな意気込みをもって作品を書きつづけた。藤村は「破戒」を書くにあたって教員の地位をしりぞき、上京して背水の陣をしいたが、この二年間の生活は大きな犠牲をともなった。三人の子供たちは次々と死亡し、妻は栄養不良におちいることとなった。しかし「破戒」の成功は大きく、田山花袋の「蒲団」とともに、日本の自然主義文学運動を導いたのである。

「破戒」は日本の封建制のゆえに同じ人間でありながら他の人間から差別されるという封建的な不合理を日本の悲劇として取り上げている。藤村はダァウィンの「進化論」などによって、人間をも自然として考えきる考えを自分のものにした。人間は自然の進化のなかに生れてきた生物なのである。その人間に上下の別はなく、また卑賤の別もあるはずはない。封建制度をうち倒して成立した近代社会は、人間の平等の上になりたっている。しかし日本にその人間の差別があるとすれば、それは一体どこに原因があるのだろう。藤村は明治の時代になってもなお差別される部落民丑松を主人公として選び、その心の悲しみを描いて日本の軍国主義、天皇制にするどくせまって行くのである。

丑松はおとなになるにつれて自分の出身のことが気になってくる。彼は次第に自分の生れを人に隠そうと考えはじめる。しかし丑松は部落出身の思想家である猪子蓮太郎の書いた本を読んで、同じ人間でありながら、自分たちだけが他の人間から差別され、軽蔑される道理はないと考える。彼は内に部落民としての自覚をひめ、新しい思想を持って新しい人間主義の教育を生徒たちに行なっていこうとする。しかし丑松のその考えは、封建的で軍国主義的に児童を教育しようと考えている校長の考えと衝突する。校長は教育はすなわち規則である。郡視学の命令は上官の命令であると考える。彼はこの主義でおしとおし、名誉の金牌を授与された人だ。当然丑松の教育方針を抑えようとする。しかし丑松には銀之助という同じように新しい教育の考えを持った友人がいる。この二人の力はついに校長の力を圧倒するかになる。校長は郡視学の甥の勝野文平とはかって、生徒たちに人気のある丑松を学校からしりぞけようと考える。このようにして丑松の上に校長を先頭とする封建的な明治の社会の圧力がおちかかってくるのである。

これが「破戒」の発端であるが、明治の社会は農村の封建制を残して多くの人民の生活を犠牲にした文明社会であって、社会の最も下に置かれた部落民はこういう封建的な社会のなかでいつまでも苦しまなければならなかった。そのような部落民の眼から見るとき、明治の社会の不合理というものが、最もはっきりと映ってきた。丑松が新しい思想に共鳴し、明治の社会の不合理を越えていこうと考えるようになるのも当然のことなのである。

明治は四民平等の時代を開くといわれた。明治四年には、これまで穢多という言葉をもって身分差別をされていた部落民を解放し、平民と同じ地位に置くという解放令が出されたが、それは全く形式的なもので事実のともなわないぎまん的なものであった。それは、部落民に対しては居住、職業、就学、進学、社交、結婚等の市民的権利を保証するなんらの行政的措置がとられなかったばかりでなく、それまで部落民が身分的職業として世襲的に従事させられていた部落特有の履物、屠殺等の家内手工業等が、政府の手によって育成された産業資本家の手に奪われてしまい、部落民は一層の差別と貧困につきおとされる。その上明治の政府は将軍、公卿、大名、武士等、封建的な上層の身分を解消するにあたっては全く逆に、巨額の秩禄公債とか、土地を与えて、今までは封建的な搾取階級であったのを、近代的な産業資本家としての搾取階級に作りかえることになる。そして結局部落民に対する差別は、なくならないだけでなく、このようにして天皇制が日本に確立するようになるや、部落民こそは天皇制のもとにあってもっともいやしめられ、苦しめられ、搾取される存在となったのである。天皇の身分が最高の存在として神とされていたちょうどその対極にあるものが、人間ならぬ人間とされた部落民だったのである。一方は神としてあがめられ一方はこの上なく卑しめられるとはいえ、その差別の内容は同質のものであり、この両者は同質の存在、身分と見られるのであって、いずれも天皇制によってつくりだされたものなのである。

このような時代の犠牲は、もちろん部落民だけがうけたのではない。丑松を愛するお志保の父風間敬之進のような下級の士族も、上層の身分の武士とはちがって禄はとりあげられてほとんど生活の保障がなく、ついには邪魔者扱いにされて酒にひたる人間となるが、やはり明治維新の犠牲者の一人なのである。丑松がこの風間敬之進に親しみを感じるのは、彼がただお志保の父であるという理由からだけではなく、同じ時代の犠牲者としての近親感がひとりでに二人をつらぬくからなのである。

丑松は新しい時代の新しい思想をいだき、新しい教育をもって、この古い社会を変えて行こうと考える。しかし社会の重圧はそのように考え、そのように生きようとする彼の上にのしかかって来る。この社会とたたかおうとすれば結局猪子蓮太郎のように立上って社会の不合理を打たなければならない。しかしそれはとても彼には出来ないところである。それでは自分自身をいつわり封建的な社会をそのまま受入れて、そのなかで生きていくことになる。丑松は彼が社会に出るにあたっておしえられた父の戒に従って、しっかり自分の口を閉じて、いかなる場合にも自分の出身をあかすということがなかったが、父の戒を身にひめて封建的な社会に生きていくとすれば、自分自身をいつわることになる。しかし父の戒を破って自分の思想をまもろうとすれば社会の迫害を受ける。なんとかして自分のような者でもいつまでもこうしていたいと丑松は考える。しかし丑松の出身はいつの間にか次第に周囲の者に知れていくことになる。彼は校長の謀におち入り学校から追われようとするのである。

島崎藤村はこの「破戒」によって、はじめてリアリズムによる人間追求の文学を確立したと考えられる。日本のリアリズムの文学は二葉亭四迷の「浮雲」にはじまるが、「浮雲」はついに完成されることなく、挫折したのである。その意味からいえば「破戒」は日本の小説の確立という点から、じつに大きい意味をもっている。今日まで「破戒」が多くの評論家から高く評価されてきたわけである。しかし現在、この「破戒」のなかにさらに一歩深くはいって、「破戒」の弱点をはっきりとりだし、日本の明治の近代文学の欠点を明らかにすることは、日本の現代文学がすすんで行く上にもっとも必要なことなのである。

「破戒」の弱点とは何だろうか。それは「破戒」が部落民の問題をとりあげ、人間が同じ人間から差別されるわけはないというところから、問題を考えようとしながら、どうして人間はたがいに対等なのかという理由を根拠づけることが出来ないのである。それでは部落民の問題という日本の一つの具体的な問題を、人間の問題としてもっとも普遍的なところから解いていくということが出来ない。ルネッサンスにおいて封建制を打ち破って、人間を封建的な身分制の鎖から解放していった思想の中心は、人間が自然と同じもので出来ているという考え、人間と自然との同一性の考えである。この人間と自然とが同じもので出来ているという科学的な考え方はコペルニクスを頂点とする当時の自然科学の考えのなかにはっきり出てくる。それは動物を解剖したり、植物の成長を調べることによってたしかなものとされる。さらに人間の内容を動物、植物の内容と比較していく方法によって、自然界と人間界のつながりがとりだされてくる。「進化論」こそはその最後の到達点といってもよいだろう。藤村は「進化論」に打ち込み、その理論を自分のものにしようとしたが、ついに人間平等の思想的な、普遍的な根拠を、この「破戒」のなかで見出すことが出来なかったのである。

明治維新と比べられるフランス大革命においては、この人間平等の思想というものがはっきりと確立されている。そしてそれが文学作品のなかにも実現されていることは、ジャン・ジャック・ルソーの「エミール」(一七六二年)「新エロイーズ」などという小説にみられる通りである。「エミール」のなかには次のような考えがあるが、これこそ人間平等の根拠をたずねている考えである。

「私は身分、地位、境遇等はなんら区別しなかった。というのは、人間があらゆる身分において同じであり、富者の胃袋は貧乏人の胃袋より大きくはない。その消化が優っているわけではなく、将軍は奴隷の腕より長い、強い腕を持っているわけでもない。抱いた手も民衆より大きいわけではなく、結局、自然的に畢竟至るところ同じであるから、これを満足させる手段は全くのところ同じである。」

このような人間に対する考え方がまだはっきり見出されなかった点を考えて、この「破戒」をもう一度根本から考えなおす必要がある。例えばあれほど勇敢なたたかいをする猪子蓮太郎のような人物でさえ丑松と次のような会話をする。

「だって、君、考へて見て呉れたまへ、あの高柳の行為を考へて見て呉れたまへ、あゝ、いくらわれ〳〵が無知な卑賤しい者だからと言って、踏みつけられるにもほどがある。どうしてもあのやうな男に勝たせたくない。」

この言葉で解るように蓮太郎さえが部落民を賤しいものとして認めているのである。それ故にこの小説は、部落の問題を本質的にはなんら解決しないところに結末を見出さなければならなかったのである。丑松は自分の教える生徒たちの前に土下坐して自分の出身を告白し、その後、新天地を求めてテキサスに渡るというのだ。藤村が部落民の問題を人間の問題として、十分考えつくすことが出来なかったことをあらわにしているのである。「破戒」というのはこのようなことなのだろうか。破戒とは父のさずけた戒の意味を根底からくつがえす心をもって、自らその戒を破り去り、父にそのような封建的な戒をもたらせたもの、不合理な社会にたいするたたかいを宣言することでなければならないのである。テキサスへ新天地を求めるなどというのは、逃げて行くことを示すものにほかならない。

ここにこの小説のもっとも大きな問題点がある。この小説が差別される部落民の問題をとりあげ日本で最初の近代小説を確立しようとしながら、逆に多くの部落の人たちを傷つけ、苦しめてきた原因がある。現代の日本文学は、何よりもまず明治の近代文学に眼を向け、それを徹底的に批判することによって、ほんとうに日本文学のなかに生きている力を受けとろうとしているが、「破戒」もまた現在この点からきびしい批判を受ける必要があるだろう。

藤村はこの「破戒」の主人公に、自分の内面の秘密を託したといわれる。しかし実際に作者の内面、作家の自分の苦しみを、作品のなかに生かすためには、直接にその悩みを一人の人物につぎこんでだすというのではなく、丑松という人物を描きあげ、さらに丑松を取り巻く銀之助、お志保、敬之進、或は蓮太郎、校長、こういう人物との間の人間の関係を通じて実際に人間が苦しみながら生きていく、そのなかで出さなければならないだろう。そうでなければ作者の主観が一人の人物の上におしつけられてだされてしまうことになる。藤村はこのためにかえって丑松の部落民としての苦しみを客観的に描ききるという点では成功していないのである。今日「破戒」の丑松が部落民としての肉体を持っていないし、心理も持っていないと評価されてきているが、この点から考えても丑松は部落民出身の丑松というよりも、むしろ藤村が自分の内面を託すために作り上げられた人物にすぎないとさえいうことが出来るのである。このことは昭和初期において全国水平社より批判され、一時絶版あるいは改訂版とせざるをえなかった事情からもうかがわれるのである。

この「破戒」は初版本によっているが、もちろん、「破戒」はこの初版本を読むべきである。初版本を読んで訂正本とくらべて見ると訂正本はまったくなまぬるい感じがする。藤村は初版本で用いた「穢多」という言葉をさけて訂正本では「部落民」という言葉を使っている。しかしもちろん部落民という言葉をつかったから生ぬるくなったのではなく、これを訂正したときの藤村の心のために、生ぬるくなってしまったのである。「穢多」という言葉をさけて「部落民」という言葉にかえようとした藤村の心のなかに、部落民を差別するものがしのびこんでいたのである。藤村が部落民という言葉を使おうとしたことは非難さるべきことではないし、部落民という言葉を使うのは、新しい時代の要求であり、その要求は当然みたされなければならない。しかしただ部落民という言葉を用い、表現をあいまいにすることによって差別を取去ったと考えたとすれば、そこに差別する心がひそんでいたと考えられる。そしてそれによってかえって「破戒」初版のなかに流れていた部落民が差別されるという社会の不合理をつこうとするつよい心がうすめられるとすれば、それはむしろ悪い結果をもたらしたのであって、こうした藤村のあやまりを克服し新しい近代的な日本文学への発展が保障されるということに初版本復刊の意義がある。私が「破戒」はこの初版本を読むべきだと考える理由である。

木下順二の世界

木下順二がまだ肝臓を悪くしていず、私も同じ状態のとき、二人は毎日のように会い、ビールを飲んでいたことがある。ビールを飲む金もない頃で、私は長篇小説を書き上げるのに失敗して、ほとんどなにも書けない時だった。私はその頃、彼を必要としていたのであるが、彼が私を必要としていたかどうかはたしかめることをしなかった。すでにそのときには二人の間にはそのようなことをたしかめる必要がなくなっていたことは事実である。

私はよく追分町にある東大のＹＭＣＡの寮の四階の隅にある彼の部屋を訪ねて行った。私は本郷真砂町にすんでいたが、先ず東大農学部前まで出て行って、左手にあらわれてくるＹＭＣＡの寮の建物の一番上の窓に燈がともっているかどうかを確かめる。その燈がともっていることがわかると、やれやれと心を安めて、まがりくねった階段を上って行く。すると彼は、部屋の両側にたかくつまれた本のなかにうまって、仕事をしているが、出てきて私を本の間にみちびき入れる。

この彼の本は有名で彼の隣の部屋にすんでいた森有正と好一対をなしていた。どちらもたくさんの本をつみあげていて、全然掃除というものをしないのである。彼の関係している劇団の「ぶどうの会」のひとが、同情して年に一回掃除してくれるのだが、そのときには机の下や本棚の隅からどんぶりの皿が十何枚もでてきたという。しかし彼は、森有正の部屋からは皿が十枚というのではなく四十一枚出てきたというので、すましていたらしいのだ。

木下順二は学生時代からずっと住居をかえたことがなく、十何年もの間この四階の天上にいたわけだが、その頃彼は民衆とのつながりを求めて、この「天界」から下界へおりて行くことを痛切に考えていた。私はその彼の部屋に全く書物におしつぶされそうな恰好で彼と向かい合いながら、彼の下界を求める理由をきかされたが、たしかにそこに彼とならんで坐ってみると彼のその気持がなるほどとうなずけるのである。この「天界」の部屋は本と埃のなかに埋まるものには都合がよいが、ひととのつながりをたち切るものだった。

二人は階段を下りて、そこからすぐ前の南米というコーヒー店に向かう。そこは学生時代から彼の行きつけの店で、洗濯のこと、郵便物のこと、留守中の来客のこと、彼の身のまわり一切を引きうけて、気をくばってくれる世話ずきのマダムがいる。彼はいまもここで訪問者と会うことにしているようだが、そこには「ぶどうの会」の女優さんたちの美しい顔がよく見えた。彼の下りてくる下界というのは先ずはこの店であり、それからこの近辺のさまざまな庶民のタイプであった。そこには彼の庶民にたいするイメージの源泉があると考えていいかもしれなかった。

木下順二は初めて会ったひとには、かたい感じをあたえるところがあるが、それはむしろ彼がいつも相手をきゅうくつにしばっていないかにこまかく気をくばっているからである。彼は相手が心を安めているのをみとどけると、あの特徴のある小さい口をはやく動かして喋る。その小さい口はかすかに開きながら、じつにはやく動き、正確な発音をする。ところが彼の早口はどういうのか早口という風にはきこえない。それは彼が論理を追って筋道をたどりながら喋るからだろう。それ故私は彼と全く反対でのろのろとしか喋れないが、彼が早口だなどと感じたことがなく、まるで彼もまた私と同じように頭のなかをみつめながらのろのろと喋るかのように思い込まされる。

彼の発音はいたって正確であるが、彼は訪ねてくるひとたちの発音、アクセントに鋭敏な耳をかたむけていて、たちまちその間違いを発見し、あなたはどこどこの方でしょうという。相手がおどろいてそうだというと彼の顔に得意の微笑がうかぶ。しかし彼はその微笑さえすぐ自分でとりけしてしまうのである。ビールを飲むことと、この発音の特徴をとらえる遊びが、木下順二の数少ない遊びかもしれない。しかし私は彼がこれをやりだすと、発音の金縛りにあったかのように、一層自分の言葉がのろのろとしかでてこなくなるのを感じさせられる。

私は遊びといったが、もちろんこれは遊びなどではある筈がなく、彼の劇作家としての言葉に対する深い関心が外にあらわれてきたものにすぎないが、このようなものをも遊びといわなければ、彼には余りにも遊びというものがないのである。もとは地三味線の名手だというし、学生時代は馬術の選手だったといわれるが、私は一度も地三味線も地唄もきかせてもらったことはない。僅かに文京区文化懇話会という区内の集りで、シェクスピアのハムレットの朗読をきき、歌舞伎の早口をきくことが出来ただけである。私はそこでは安部公房の全くきいちゃいられないという「憎しみの坩堝」をうたわされることになるのだが、木下順二は身についている筈の地唄をださずシェクスピアである。

木下順二はこの上なく内気なところがある。それはもちろん彼の深い自意識にもとづいているのだが、それはいろいろな形になってあらわれてくる。彼は新しい服や新しい帽子をつくると、何ヵ月もの間それが身体にそぐわない気持にとらわれる。すべてが自分の身体にそぐわないということになれば、なにも着るものはなくなるのだが、ほぼそれに近い状態が彼をおとずれることが、しばしばなのだ。おかあさんが心配して、「今度の背広は気に入らないらしいが、ほめないと着ないから、ほめて下さい。」と「ぶどうの会」の人にたのむ。ぶどうの会のひとたちが、その通りすると、ようやく安心して着はじめるのである。彼が劇作家であり、演劇のなか深く生きているにかかわらず、学生時代から演出はやっているが、役をやることがなかったというのもうなずける話である。現在も「ぶどうの会」の人たちの話では、端役ででるのならやめるといって出たことがなく、カーテン・コールなども、途中まで舞台に出かかって、「山本（安英）さんもう出た？」とみなにききながら、自分は出ないですましてしまうというのだ。

しかしこのことは決して彼の芸術と無縁なものではない。彼の芸術はいつもやわらかい羞恥心をはらいのけながら、ひとの前にやってくる。そしてその薄い微妙な布をたくみにとり去るとそこに類型のはいるすき間もなくきざまれたフォームがあらわれてきて、ひとの心をとらえ去る。彼はいつも混りものを許さず、透明な宇宙をめざしてすすんでいる。その透明な宇宙をまもるものこそ、いつも彼のうちにはたらく羞恥心なのである。彼は不安にとりつかれ、自分の作品をつきくずしにくるものが、自分の周囲にどれほど存在しているかを、それによって直観的にとらえている。

私が木下順二にはじめて会ったのは、「未来」の会の同人会のときだったが、瓜生忠夫、下村正夫を通して彼を知ったのである。当時木下順二は「風浪」と「山脈」の二作を書いていたが、私は「山脈」を三越劇場で見て、そのどっしりした重さが自分の上にのっかってくるのを感じて、彼に会ったときその重さが彼の内のどこから出てくるのかを考えた。彼はどちらかというと優しい型の人間で（ぶどうの会の女優さんは、学生時代の彼が、いまよりやせていたが、美しかったと語った。）どこにそのどっしりしたものがかくれているのかと不思議に思える位である。しかし私は彼と一緒にすごしているうちに彼の微妙な、かすかな風に出会ってたちまちにして動きだす羞恥心が、そのどっしりとした重い彼の生から出ていることを知ることが出来た。

木下順二と私はかなり前、「日本の息子たち」という映画のシナリオを書くので、一緒に学生生活を調査し、最後に伊豆の吉奈の旅館に一週間ほどとまりこんだことがある。私はこのとき彼のうちにあるどっしりしたものがどのようなものなのかということを知ったが、それこそは彼の内容そのものなのである。木下順二はいろいろ材料を集めても、なかなか仕事ができないたちである。仕事ができないというよりも仕事の中心にはいれないのである。というのはその素材が彼のなか深く沈んで行くのにはずい分時間がかかるからなのである。もちろんこのことはすべての芸術家に共通のものだといえるが、しかし私は彼が時間をかけてそれを待っている姿勢をみたとき、彼の内にあるものの混沌とした要素を感じとることが出来た。そしてそれは彼の「風浪」のなかにあるものだった。

「風浪」の主人公は明治の初期に動き出てくる日本の政治思想運動のあらゆるものに心をひかれ、そのなかをくぐってくるが、ついに自分自身を決定することが出来ない。その内から上ってくる衝動は暗く、主人公を高い時代の風浪のただなかへ入れるが、なおその非合理な衝動を合理化し、透明にして行く形式と方法は時代のなかにはないし、彼自身のなかにもない。木下順二が、自分の新しい作品に向かうとき、彼はいつもこの「風浪」という作品の底にみえている混沌に向っているといえる。彼はこのとき自分のなかにあるこの混沌を引き出してきて、それを自分の前に置こうとするのである。彼はそれに手間どり、一つの作品に一年も二年も、またさらに長時間手間をかけるわけなのだ。

木下順二の作品には、三つの作品の系列がある。「風浪」の系列、「夕鶴」を代表とする民話劇の系列、「蛙昇天」の系列の三つである。そしてこの三つのものに対立する形で「暗い火花」という作品が特別な位置をしめている。「暗い火花」はこれまで彼の作品のなかでは余り注目されていないようであるが、私は彼が日本人の意識のなか深くはいろうとした実験として重要な作品だと考えている。日本人の意識のなかにはいるとともに、自分自身の芸術意識の検討を同時に行っているのである。そして私はここに木下順二の劇作の新しい方法がつみ重ねられるのをみる。

「夕鶴」は木下順二をじつにポピュラーな作家にした。それはくりかえし上演され、その美しい光をうつした完全な花の姿は日本のあらゆる人々の心のなかにおさめられているとさえいえるだろう。その洗煉された美しい舞台は彼の内にある民衆のテーマをはらみながら完成された姿をみせている。しかしこの完成された作品のなか深くさらにはいって行こうとすれば、彼が「暗い火花」のなかでやらなければならなかった方法の実験が必要なのである。「蛙昇天」のなかにみえている彼独特の笑いを、舞台全体に生々と動くようにするためにも、この実験をつみかさねて行くことが求められる。このことは彼自身がよく知りつくしていることにちがいない。

木下順二の曽祖父は、熊本の伊倉の惣庄屋だったという。祖父は明治二十三年の第一回の国会選挙に出て国会議員になった人で、或る時は農民一揆の先頭にたち、或る時は妥協してその調停にあたるというような位置にあったという。この農民の問題、民衆の問題を解決しようとして解決しきれなかった祖父たちのことはいまも彼の心に深くきざみこまれているにちがいない。彼は余り自分の問題については、ひとに話さないが、私は昨年の冬九州旅行をして熊本の伊倉により、土地の人とも話すことが出来た。伊倉という町は昔は港としてさかえたらしいが、いまは全くさびれていて活気というものがなかった。しかし町の入口に全く同じ形をした神社が二つ道の両側にならんでいるのはじつに不可思議な感じがした。私はそこで若い人たちが、旧い力におさえつけられる苦しみをきかされた。木下順二の内に動いているものというのは、いまなお自分の形式をもつことの出来ない日本の民衆だといえるだろう。もっとも木下順二はこの伊倉には住んだことがなく、小学校時代は東京、高等学校時代は熊本市内にいたというのだが、それはここでは問題にしなくともよいだろう。彼がはやくから労働者出身の劇作家、鈴木正男や大橋喜一や堀田清美や原源一、斎藤瑞穂などとともに八人会をつくって、今日までつづけてきてその力になっているのも、鶴見和子とともに生活綴方の会をつくり、現在では独自に紡績の女工さんたちと毎月一回集りをもって、集団創作の問題にとりくんでいるのも、うなずけることである。

木下順二は昨年ヨーロッパからソ連、中国、朝鮮をまわってかえってきた。私は旅行から帰ってきた彼に会って話しているうちに彼が、一段たかいところに自分を置いたことを感じた。彼はがっしりした骨格をつくりあげたともいえるだろう。それ故現在彼を待っているのは彼の作品である。

木下順二はいま新しい作品を準備しているが、現代に主題をとるこの作品によって彼はこれまでの作品の綜合をこころみようとしているようである。この作品こそ国際的に生きた展望をもつ彼の存在を証明するだろう。

象徴詩と革命運動の間

最近私はもう一度自分が根柢からかわり切らなければほんとうの文学を生むことはできないと考えるようになっている。私の少年時代青年時代のことを考えてみても、私は自分の全力をだしきって、その当時一人の青年がやることのできたにちがいない生き方をしたということはできない。私はほんとうに自分があるべき場所よりも、手近いところにいつも自分をおいて生きてきたような気がする。このような生き方が今日の私をつくっているのである。そして今日の私はまだ決していまの日本の根本的な問題である、日本人のおちいっているドレイ的な状態を打開して、ほんとうに自由な日本をつくりあげるという仕事のなかに、自分の全存在を動かすということにはならないのである。もっとも、私は自分だけではなく、多くの日本人が青年時代にそのような生き方をしてきたのだということを考えないわけにはゆかない。日本の青年は自分自身をいつわることなく、つきすすみそして生き切るというそのような生き方を最後までたもってゆくことができない。そのような生き方、進み方はしばしば中途で破れた。また、その成熟は許されなかった。日本に於いては青年がのびてゆくその内からの力の動くままに、それをまっすぐにまげることなくのばしつくすということが非常に困難なのである。

日本の社会が青年にそのような生き方を許さないからである。日本の富は貧弱である。日本は日本人全体をうるおすようにはひらかれていない。それは物質的に貧弱である。それ故に人間一人一人がその生命を花ひらかせるために必要な栄養をあたえるということさえできない。日本人のたべものは、粗末であり、多くの人はまずいものをたべて生きていっている。肉をたべ、卵をとり栄養に気をつけて、子供たちをそだててゆくという余裕がないので、その肉体の発達は偏《かたよ》っており、また、エネルギーに欠けている。住居にしてもわずか一間か二間かというようなせまいところに何人もの家族がすんでいるのである。日本の富はほとんど軍事と戦争のためにつかわれてきたからである。日本の富と開発は、軍人と資本家と官僚たちによって自由にされてきて、一般の日本人、多くの人民は、その富にあずかるわけにはゆかなかった。彼等は貧しさのなかにほおっておかれ、その自由はうばいとられた。そしてその不正に気づいてそれに抗議しようとしたすべての動きは、じつに徹底した弾圧の仕方でおさえられてしまったのである。日本には長い間言論の自由はなく、日本の文学は社会を白眼視した文学であって、社会批判を真正面から行なう文学ではなかった。青年がほんとうに自分のうちから自分を動かすものの声をきいて、生きることができるのは、そのような弾圧にもかかわらず、はげしくもえあがる革命運動のなか以外にはない。しかし日本の革命運動は、今日はじめて広々と多くの人々のなかにひろがったのであって、それ以前に於いては、広大なきぼをもたず、それ故に青年がそのなかですくすくと伸びてゆくなどというようなことは非常にすくなかった。またたとい一時そのような時期があったとしても、自由を阻止しふさぐ権力の力は余りにもはやくやってきてその運動をおさえつけてしまい、その運動のなかで一人一人の人間内容を十分ひらききるなどということをさまたげてしまったのである。私の青年時代もまた同じ特徴をもっている。そして私は今日まだ、ほんとうの人間になり切っていない。私はいまこそはじめてこの青年時代の自分の不十分な生き方を取りかえし、そして自分が人間としてほんとうに生きなければならないと思う。私はそれが今日にしてはじめて日本のすべての人々に可能になったと考えているが、私もまた自分の生命をもってその可能を証明しなければならないと思っている。そして私が今日自分の学生の時代をふりかえるとき、私はこのようなところに立って、この自分の過去を変更するわけにはゆかないが、しかしこのような過去によってつくりだされた自分をつくりかえなければならないし、つくりかえることはできると考えているのである。

三高にはいってしばらくして、私は詩人富士正晴、作家竹之内静雄（当時桑原静雄）の二人と友達になった。私と竹之内は三高の自由寮にはいっていたが、富士は鹿ヵ谷の方に下宿していて、私がたずねて行くと、机の引出しから紫色にかがやく小蛇を取りだしてきてみせてくれたり、山づたいの道をわけて露のたまった自然のにおいをかぐことをおしえてくれた。私は少年時代を大阪湾の温和な海岸でそだったので、自然にたいしては、受容的であり、それにたいして積極的なはたらきかけをすることをしらない人間だった。ところが、詩人富士正晴は自然に対する私の態度を京都の山や野原を通じて、少しく能動的なものにかえてくれたのである。私は富士正晴からいろんなことをおしえられた。私の文学にたいする感覚はすでに中学時代から生れようとしていたが、それがはっきりと眼をひらかれるようになったのは、富士正晴との出会いによっている。富士は当時理科の学生だった。しかし学校にはほとんど出ず、詩人竹内勝太郎のもとへ行って詩をつくっていた。その詩は生の果実、朝の青空のような感じのするものであった。コール天のズボンをはき、ルバシカ風の上衣をきた彼は、二階からおりてきて、私を百姓屋の中二階のようなひくい二階へ迎え、私に詩の大切なこと、詩の価値をいろいろと説明してくれた。そして私は彼にならって詩をかきはじめたのである。

私も中学時代から詩をかいていた。英語の詩や漢詩などもつくっていた。そして三高のフランス語（文丙）にはいったというのも、ボードレールの『悪の華』をよみたいと考えていたからであった。しかし私の詩に対する考え方はまだ俗であり、ほこりをかぶっており、はっきりしていなかった。そしてその皮をはいでくれたのが富士であった。富士は私がおとずれると、リンゴをかじれと言い、やがて大きい菓子箱にしまった詩稿をとりだして私に批評を要求した。正式に詩を勉強することのできていなかった私に詩の批評ができるはずもなかった。私はむしろ彼が自作にたいして下すいろいろな断定によって、詩の批評の仕方と、よみ方を次第に理解していったということができるのである。富士は芥川龍之介の全集をもっていた。青い布の表紙のついた、その大きいほんは、私の眼をそそったが、私はその内容には少しも心をひかれなかった。私が芥川にひかれていたのは中学の四年五年のときである。もちろん芥川を中学生のときに理解したとは思えないが、私はそれ以来、芥川を求め直すということはなかった。私は芥川はよむ気もしないということを富士に強調したことがある。私はその富士の部屋で、薬草の茶をのんだ。そして画集をみた。芥川にたいする私の考えには富士も同意して、ついにその全集は古本屋にうってしまうということになったのであるが、それは、私達がいよいよドストイェフスキーをよみはじめてからのことである。

このように三高にはいった頃の私はまだ平穏に、ぼんやりとして、生きていたのだ。私は時代や社会の動きなどに関心をもたなかった。私の家は父がはやく死亡して母がはたらいて学費をつくっていてくれたので、いつも金にこまっており、私はよく母が金のことを口にだしてののしるのをきいて、富の問題、貧乏の問題についてよく考えさせられたが、それが時代社会とどうつながっているかということを考える力をもってはいなかった。私は全く社会にたいしては無自覚だった。それ故に私は満洲事変にたいしての正当な判断、それが侵略戦争であるという判断さえできなかった。私が社会的な事件にたいして一おうの判断をもつことができるようになったのは、大学にはいる頃になってからだといってよい。もちろん私はそれ以前からすでに、河上肇の『第二貧乏物語』やマルクス・エンゲルスや野呂栄太郎の『日本資本主義発達史』などをよんでいた。そして私の考え方は次第に唯物論と唯物史観の方向に向っていた。しかし私は社会感覚ともいうべきものを自分のなかにつくりだすことがまだできていなかった。

二・二六事件が起ったのは私が大学の二年のときである。青年将校たちが兵隊をひきつれて首相官邸や当時の重臣たちを取りかこんだという報道はただちに号外でつたわり、私たちを、日本を異様な空気でつつんだのである。私はその日は学校は授業が中止になるだろうと考えていた。私は学生としてこの事件に対して如何《いか》にむかえばいいのかということを考えたが、私にははっきり自分がどうすべきかということが断定できなかった。そこで私は友人たちに会うために学校にでかけていったが、私の会いたい友人は学校へはきていなかった。そしてその日の授業はとりやめにはなっていなかった。それは「ラシーヌ」の講読の時間であったように思うが、太宰教授は戒厳司令官香椎中将（?）の

「兵に告ぐ」という放送について少しはなしてから、すぐ講読にはいっていった。「軍の処置はじつに機敏な処置であり、このような際には断乎としたとりきめをやって、実行してもらいたいものである。このような社会の秩序をみだすものたちにたいする処置はまことにむずかしいが、しかし、さすがは戒厳司令官である、よくやったと思います」というような話を教授はされたのである。私ははやくその授業をやめてもらいたかった。しかし教室にはいった以上、途中からでて行くなどということは私にはできなかった。どうして私はこんな日にわざわざ授業に出たりしたのだろうと思ったが、もうあとからのことだった。たしかに私達の上にのしかかってくる威圧は、おもおもしいものであった。しかもそれにたいして正当な抵抗の姿勢をもっているひとに会えないという失望が、私をとらえていて、私は授業を終ってからすぐに、農学部前の進々堂というパン屋に、だれかはっきりした分析をこの軍の叛乱にたいして下してくれるひとはいないものかとさがしにいったが、そこにも友人はいなかった。このようなことがあってもよいものだろうかと私は自分のことを考えていた。私はいかにしてでも自分で社会的な事物にたいして、正当な正確な判断ができるところまででてゆかなければ、私はついにこの日本で自分を失ってしまうとコーヒーをのみながら考えていた。私にはファシズムの正体を一応はつかんでいたが、はっきりとあやまりなくつかむことができていなかった。そしてそれとたたかうにはどうすればよいかということも、それほど明確になっていなかった。それ故に私は、日本が中国との戦争に突入するという予測もできなかったし、二・二六事件の将校たちを動かした思想・考え方がついにはこの日本に次第に大きくひろがってゆくなどということも、それほどしっかりととらえることはできなかった。この事件は私に大きな作用をしたのである。しかし私は自分のたっていたところからでて行くということはできなかった。……自分のたっていた立場というのは、象徴主義である。その位置にたって日本文学を改造しようというのが、学生時代からの私の考えであった。私は自分のこの考えを最後までつらぬきとおした。友人のうちには私を芸術至上主義者として批判し、私のなかには社会的な関心がないということを痛烈についたものもあった。私はそれにぐさりとさされ、友人のその批判をみとめないわけにはゆかなかった。しかし私は友人のその言葉をみとめながら、やはり友人たちが日本の文学にたいして判断をあやまっているという風に考えていたので、あくまで自分の考えをおしとおした。私は富士正晴と竹之内静雄の三人で同人雑誌『三人』というのを出していたが、私はこの象徴主義の雑誌をすてるということはできなかった。

私は詩をかきつづけた。私には詩がすべてであると思われた。私たちは詩をつくっては、全力をあげてそれを批評し合った。私は一つの詩をつくりあげるのに一週間から一ヵ月の時間をついやした。その間私の頭をしめているのは、全くその詩の主題であり、それを展開するために必要な方法の問題であった。このようにして私のなかにそだってきた詩を、どうしてそれが社会性をもっていないという批評だけですて去ることができようか。学生運動の指導者たちは、私の詩を批判したことはしたが、私の全体を理解しようとせず、ただ外的に批評したのである。私は苦しかった。彼等の批判があたっている点があることはみとめた。しかしその批判が、私の生命の根柢をついてはいないので、私は承認することができなかった。そして私は自分の詩を確立することを目的としてじっと自分にとじこもったのである。……日本には詩が大きく成立していないということ、それを回復するということが私たちの願いだった。そして私はフランスの象徴詩を媒介としてそれをはたそうとしていたのである。

富士はこの詩に対するはげしい欲求によって日本の通俗を徹底的に破り去った。彼は学業をすててかえりみなかった。彼はついに詩作にくるしみ、日中山の原をほっつきあるいてかえってきた。体の小さい彼は全身に詩人の闘志をひめていて、私の詩を一つ一つ破り去った。私達は詩によって競い合い、なぐり合い、たたかい合ったのである。私達は愛し合い、理解し合い、そしてささえ合っていたが、しかしまた、互いに自分の作品をみがいて相手を切りつけ、倒そうとした。私達は出会うと構え合った。そしてすきをみてきりつけた。私はあの二十歳の頃の私達のはげしい詩作を忘れることはできない。このようにして私のうちにそだってきた詩を私はどうしてすて去ることができようか。それは私の生命の中軸をつらぬいているものであり、これを変えるためには、これが自分で自分をかえるという変り方がなければならないのである。

　ところが私は一方私の友人たち、学生運動、革命運動の指導者たちの社会に対する考え方、その生き方を正しいものと認めなければならなかった。私は時代の激しい動き、ファシズムについて次第に眼をひらくようになるにつれて、いよいよ自分が革命運動のなかに身をおかなければならないということを考えるようになった。しかし私の社会感覚はまだうちからひらき切っていず、私の判断は日本社会のなかでいかに自分を動かしてゆくかといういきいきしたものをうちださなかった。私はこのようにして象徴詩と革命運動にはさまれ、その間にゆれ動いていたのである。私はときにこの二つを統一することを考え、さらにまたときにはそのうち一つを破りすててしまおうと考えた。私は次第に象徴詩をすてる方向に私を打ちだしていったのである。しかしその方向が私のなかで確立されるということはついになく、それはその後長い間、私がもちあるかなければならない問題であった。そして私はついにこの統一をとげることなく、左右にゆれたまま戦争をむかえることとなったのだ。

今日私はまだこの問題を解き切ってはいない。私はまだ自分の社会的な判断が十分でなく、また自分の文学的な展開がひらけきっているとはいえない。もちろん私の文学上の問題はすでに象徴詩の問題ではない。しかしそれをふくんだ問題であるということはできるのである。私はまだ、この二つの統一をはたすことができないでいる。しかし私はそれがどこではたされるかということについてははっきりとかんじとっている。それは革命運動のなかで、自分の全内容をひらき切ることによってできることである。

私は二つのものの間にあって、そのいずれにもひかれて、そしてそのいずれをも徹底的にのばし切ることができなかった。それ故に私は自分の全体をのばし、ひろげることをしなかったのである。私はこのようなところにたって、次第に自分の肉がくらい色をもち、腐臭をはなつような感じの生活のなかにとじこめられていった。私は青年のエネルギーにみちてはいたが、そのエネルギーはうちにこもって、否定的な方向にはたらくというようになっていった。

私は吉田の神楽岡に下宿していたが、毎夜眠れない夜をむかえ、身体はやせていった。下宿の細君は親切なひとで、特高の刑事がきて私のことをききだしにきたときなど、さっそくその押入れに私の書物をかくしてくれ、いろんなパンフレットなどもあずかってくれた。私は神楽岡から鹿ヵ谷にひろがる小さな盆地を見下すことのできる部屋にとじこもって、夜、自分のこと、自分の学資をつくるためにはたらいている母のこと、そして多くの貧しい人たちのことを思った。或る日私の太ももの外側が大きくはれあがって、私は歩くことができなくなった。私は医者にみてもらおうと思ったが、その金がなく、おしいので、へやのなかで一日中足をなげだしたままうなりつづけていた。痛みは身体中にひろがったが、それはまた心にひびいた。私は自分の弱点にそれがくい入りひびくのをじっとたえていた。すると下宿のおばあさんが部屋をたたいて、はいってきて、私のきず口を見てくれた。おばあさんは眼鏡をかけて、ズボンを取って、みんなぬぎなさいといった。私はぬいでみてもらった。もうばあさんだから、はずかしくないでしょうといいながら、おばあさんは口に何か呪文をとなえ、私のはれあがったところを右手でしばらくなでさすったが、がまんしてがまんしてといって、ぐっと両手でそこをおした。ひどいいたみだったが、うみが出るのが自分でもわかった。そして足は急にかるくなった。おばあさんは袋もでましたぜといって、白い小さいうみの袋をみせてくれたが、またしばらく私の足をさすり、さあもうあんばいはようなりますから、やすまはれといっておりていった。私はその夜じつにやすらかにねむった。翌朝はほんとに生々として生命にみちているように思った。しかし私の全体は、そのようにおばあさんの手で、うみをだし、うみ袋をおしだしてもらうというわけにはゆかなかった。私のなかにはたしかにうみがたまっていた。そしてそれは日本のうみであった。私はそれをこの日本を改造してゆくというなかで、取り去るほかにはなかったのであるが、私の行手をはばんでいたものの力、ファシズムはこの上なく強力で、やばんで、兇暴であった。そして私はそれに対してほんとうにたたかうことによって自分をひらき切るということができなかった。私は自分のなかにとじこもった。私と日本との間にはまだ大きな距離があり、私はそれに気づくことができなかった。しかし私は日本が戦争に突入するにつれて、いよいよ深く自分のなかにとじこもるほかにはなかったので、その日本と私の距離ともいうべきものは、いよいよまた大きくなっていったのである。

感覚と欲望と物について

人間と人間を取巻いているものを、同時にとらえることこそは、私が作品を書くにあたって中心においている一つの目標であった。それはいまも変っていない。人間を、人間をとり巻いているものときりはなすことなくとらえるという考えは、私が戦争のなかに置かれて、自分のものにした考えである。戦争中、日々変化する自分と同じように日々変化する自分を取巻いているもの、この二つのものの変化のただなかに置かれつづけた時、この考えは、私のなかに確乎として位置をもつようになったのだ。

戦争は、人間と人間を取巻いているものの関係が、決して人間と人間を置く場所との関係というような静かなものではなく、またそれ以前の文化のなかで明らかにされていた人間と環境との関係というようなものではないことを明らかにした。戦争は人間と環境との関係がこれまで考えられていたような、互いに身近にあるものの密接な関係というものではなく、人間の眼に見えないはるか彼方から突然あらわれ出て死をせまるような、きびしい疎遠な関係であり、疎遠だというだけではなく、人間と人間を取巻く一つの環境をすべてそのまま地中に埋没してしまうほどの大きな変動が突如として現われて、人間と人間を取巻くその環境の関係を根底からかえるほどの対立的な関係であることを明らかにした。

広島と長崎の上空におとされた原爆は、広島と長崎という大きな都布をすべて一変させてしまったが、それはまるで広島とか長崎とかいう都市を一人の人間ででもあるかのように襲ったのだ。しかしそれは全く予期することの出来ない、眼に見えぬ彼方からやってきて、人間のもっているすべてを奪い去り、人間をその環境とともにまるごとひっとらえて、くつがえしてしまったのである。

十八世紀、十九世紀においてはこのようなことは考えることの出来なかったところである。バルザックのとらえたゴリオ爺さんは、投機で得た財産を少しずつ娘たちにせびりとられて、最後には全く無一文になってすて去られてしまうが、ゴリオ爺さんを死にいたらしめるものは、爺さんの可愛がり執着している二人の娘なのであり、二人の娘の所属している新興資本家階級なのである。ゴリオ爺さんは自分の上におそいかかるものの姿を自分の眼で見、自分の身体でたしかめることができるし、それはむしろ彼の立っているところと地つづきのところに立っている人たちなのである。しかし現在私たち人間の上におそいかかってくるものは、むしろ私たちを身近にとりかこんでいるものの向うから、私たちを身近にとりかこんでいるものをとびこえて、一挙にくるのであり、私たちは如何にしてそれを自分一個の力で防ごうとしても、防ぎきることは出来ないのだ。

私は戦争のことを言っているのであるが、それは決して戦争のことだけを意味しているのではない。現在人間を取巻いているメカニズムそのものがまた、このような意味をもって人間にのぞんでいるのである。例えば一つの職場にオートメーションがすすめられる時、その人間を取巻いていたこれまでの機械と環境に対する親しい関係はきえ失せ、全く別個の体系があらわれてその人たちをのみこんでしまうのだ。そのときこの人間を取巻いているものこそは、バルザックの時代の環境とはちがって、いよいよ人間の意識とは独立して存在するだけではなく、さらに人間の意識とは独立して運動するものとしてその姿をあらわにしてきているのである。

しかしこのような現代の人間を取巻いているものの変化のなかで、人間そのものはどのように存在しているのか。人間は動物が自然に適応するのとはちがって自然を変革するといわれているが、もちろんこの変革はその内にある人間の欲望をみたすためなのである。しかし現在この人間の欲望はほとんどその目標物から、切りはなされてしまっている。いや「ほとんど」というこの言葉に私は特別な意味をふくめているのであるが、私はここに「全く」という言葉を使ってもよいのだ。もちろん私は人間という時、資本主義社会に生きる人間、ことにこの日本の社会に生きる人間のことを考えているのだが、たしかに人間の欲望は、戦後かなりの範囲にわたって充足されてきているといえるが、それは決して自分の目標物を得て充足しているのではなく、いわばまがいの顔をした代用物を得て充足しているのだ。その人間の欲望のなかへ深くはいる時、そこには目標物から引裂かれてしまって、いかに烈しい衝動をもって内からほとばしり出ても欲望そのものがその対象にふれることが出来ないという予感におののく不気味な空虚があるのである。私は人間をとらえるためには、この人間の内にあって人間を動かし、行動に向けるこの欲望、人間の内で動きつづける欲望のなかからとらえることが必要だと考えているが、しかしこの欲望そのものはすでにバルザックの作品のなかに生きる人たちの内に動いている欲望と形を異にしているのだ。

もちろん欲望の構造とその発現する形とは、戦前と戦後においてそれほどことなるところはないだろう。しかしその欲望とその対象との間の関係には、大きな変化が生れている。「デカメロン」や「ロビンソン・クルーソー」が明らかに示しているように、欲望の解放は、その個々の人間のなかに動いている欲望をそのままとり出してきて、それを限りなく発現することによってはたされたのだ。それはその欲望を、欲望をいやしむ封建的な教権と教訓からときはなってありのまま肯定し、それをそのまま限りなく強め、伸ばしていくことだけで、行なわれたのである。しかし現代にあっては、このような単純な方法をもってしてはその欲望を限りなく強めることも出来なければまたそれを解放するということも出来はしない。ということは現在の人間の欲望そのものが、その生れてくる根元のところにおいて、欲望発現の自然を奪われており、それは現代社会から疎外されているからなのだ。しかしこのような欲望の内容をもっともあらわにし、私たちの前につきつけたものは、やはり戦争だった。例えば私はまず手はじめに自分の会いたいと思う人間と自分との間を、兵営の柵がきびしく切りさいているのを知らされた。私は戦地にあって自分の求めているものが、自分の手によって自分の口にはこぶことが出来ないことを知ったのだ。しかもこのように私と私の求めるものとの間をきりさいているものは、決して砂漠の熱でもなければまた大雨のための土砂くずれでもない。それは私たちの意識から独立して運動する社会関係であり、独占資本や国家独占資本主義の段階にはいって、いよいよぼう大な量に達してつまれている社会物質なのである。今日、戦争を通過して、自分の外にある社会と社会物質が運動していることを知るだけでなく、また感じることの出来ないような人たちは少ないだろうが、またそのように運動している社会のなかにいる人間が、その社会との関係のなかで運動していることを感じることの出来ない人たちもまた少ないだろう。

最初に書いたように、私はこのような人間と人間を取巻いているものを同時にとらえることを考え、その方法をさぐってきているのだ。私は自分の得た方法をさらに意識的なものにして、作品を結晶させ、そこに成功と失敗の結果を自分の眼で見てきている。その上で今日私が考えることは、動いている人間をその動いている欲望の内からとらえるという方法と、動いている現代社会、つまり何重もの層にわたって動いている現代社会の内にはいってそれをそのメカニズム全体のなかからとらえる方法、この二つを統一する問題がなおのこっているということである。

私の出発点は戦争のどん底におかれた人間の視覚、聴覚、嗅覚、触覚などを見直すところにあった。もっともこのような視覚、聴覚、嗅覚、触覚などを見直しとらえ直すということは、すでに私たちの前の新感覚派の運動のなかで行なわれている。新感覚派の運動は視覚、聴覚、嗅覚、味覚、皮膚感覚だけではなく、さらに運動感覚、平衡感覚を見直すことによって、人間と世界をとらえる新しい場所を見直そうとした。それは人間をもう一度その備えている感覚のところから見直そうという考えを持つとともに、それだけではなくその感覚に対して現われてくる存在そのもののあり方を見直し、さらにそこにとどまることなく、その存在の現われてくる姿をとらえて、感覚の表現の場所をつくり出そうとしたといえるだろう。しかし新感覚派の運動は感覚とその背後に動く欲望との関係を十分にとらえることが出来ず、人間の感覚の見直しを行ないながら、ついに欲望を心理としてとらえる考えと方法のなかにはいって行ってしまうのである。

感覚に信をおき、その感覚を見直すところから出発しようとした新感覚派は、その出発点においては決してあやまっていたとはいえない。それは人間の感覚そのものを内から輝かすことによって、それ以前の人たちのとらえてきた存在そのものをとらえ直すことをめざしたのだといえるだろう。自然主義文学は人間の生理的自然をとらえることに全力をつくしたが、その生理的自然である肉体の機能、感覚を表現の側にひらくことは出来なかったのだ。新感覚派はこの自然主義文学の表現の側の弱点に何よりもまず、光をあて、そこから文学運動をおしすすめたのである。しかし新感覚派はこの人間の感覚とその背後に動く欲望の関係を十分見ることが出来ず、さらにその感覚と欲望との前にあらわれてくる物と感覚、欲望との関係を問うことが出来なかったのである。

しかし新感覚派がこのような出発をもちながら、ついには感覚という、物にもっとも直接に接触する人間の心的な過程を評価することを失い、感覚を心理や抒情に帰してしまうに到るのも、当然なことだと考えられる。それは感覚を外界にかんする人間の知識の根源であると考えながら、感覚そのものが人間の肉体全体の活動の尖端で動いているという考えを持つことが出来なかったからなのだ。いやそこにこのような考えが全くなかったなどということは出来ないが、この感覚がさらに人間内部に動く感情、欲望といかにかかわっているかを明らかにすることによって、感覚そのものをはるかに烈しい力をもったものにし、それだけではなく受動的なものから能動的なものに転ずるなどということは出来なかったのだ。

よくひかれる「沿線の小駅は石のやうに黙殺された。」という横光利一の表現には、小駅を停車せず、はげしい勢いで通過し去る急行列車の運動をとらえる運動感覚はあるが、そこに欠けているものは、むしろ通過し去る列車が冷い空気にふれる皮膚感覚である。あるいはまた通過し去る列車が作者の肌にふれる皮膚感覚なのである。私は新感覚派の運動が新感覚派という名前を持ちながら、必ずしも人間の感覚のすべてを内から輝かし、発見する方法を自分のものにすることが出来たと考えることが出来ないが、それは新感覚派の人たちが感覚の内容のなかにわけ入って、そこに成立っている感覚の要素を確実にたしかめ、それによって逆に一つの充実した、輝きのある感覚を自分の手でつくり出すのに成功したと考えることが出来ないからである。新感覚派はたしかにその名前に感覚を背負っているように多くの部分において感覚に輝きをあたえることが出来ているとはいえ、その感覚は部分的であり、さらにいえば感覚のもっている直接性をもちつづけることが出来ていないのである。

新感覚派はこのように感覚の内容をつきとめ、それによってこんどは逆に自分の手によってそれを創造し、それに輝きをあたえることに十分成功したということは出来なかったが、それはまた、現代の疎外された人間の感覚と欲望の間にある関係を明らかにすることが出来ず、したがって一個の人間の感覚を輝かせ欲望を解放するために必要な手続を見出すことが出来なかったのだ。いやむしろそれは疎外された現代の人間の感覚と欲望の内容のなかにはいりながら、その疎外されている状態のなかにある感覚と欲望の内容をとらえることに成功しなかったといえるだろう。

私がまず自分のものにしようとしたのはこの感覚の内容の分析であり、それと同時にその感覚の内容を再現し、さらにそれに輝きをあたえる方法である。しかし私は人間の感覚をそれ自体として分析しながら、欲望との関係をぬき去ることはしなかったと考えている。欲望、それは延長のある肉体のなかからおしあげられるようにして動いてきて、延長のない情念のなかにあらわれるものなのだ。それはたえず動きつづけており、ゆれつづけており、意識をこえている。私はこの動きつづけ、無から有へ、有から無へ動きつづけている欲望のただなかから人間をとらえることを考え、その方法をとり出した。私はそれにとどまることなく、その欲望と欲望の目標とする物との間の関係を考え、それを明らかにする方法を見直そうとしてきたのだ。

しかし私はその欲望と物との関係を明らかにし、それに光をあてる方法を見出そうとして、それほど成果をあげることが出来なかったように思う。私は欲望とその欲望の対象になる自然物との間の関係については、そこに一つの新しい光をあてて、それを明らかにすることが出来たといえるだろう。しかし私はその欲望の前にあらわれてくる物が商品である時に、この商品として人間の前に出てくる物と欲望との関係を十分に明らかにすることが出来なかったのだ。商品としての物は、すでに私の前の店頭にありながら、それは私の手をのばせば私の手にふれるものでありながら、私のものではないのだ。それは私がそのものの代金を支払ってはじめて私のものとなる。しかし私の前に現われた帽子の代金を支払ってそれを自分のものにするならば、私はもはや私の欲する背広を自分のものにすることは出来ない。私の中には欲望はあるが、欲望を実現するための資金は僅かしかないからなのだ。そしてすでに私の中に動いている欲望が、そのことを知っているのだ。

欲望とその欲望の目標とする物の間にはすでに人々の認めるように金がはさまっている。しかしこれを金と考えることは必要だが、またこれを金とだけ考えるだけでは、欲望と物との関係をとらえることなどは出来ない。すでに商品生産の秘密は明らかにされているが、いまなお物と欲望との間にある関係を、ただしくとらえる方法は文学作品のなかに確立されているとは考えられない。私がもっとも困難を感じたのもまたこのところだったのである。一つ一つの物、一つ一つの商品と人間の欲望との関係は、あるところまではとらえることが出来る。しかしそのように一つ一つの商品に眼を向けるだけでは、この人間のうちに動いている欲望そのものの内容を明らかにすることも出来ないし、また次から次へと人の手の中を渡って行く運動している商品をとらえることも出来はしないのだ。

するとと考えられてくるのは、商品生産と商品流通のメカニズムであり、さらにそのメカニズムをまもるためにある支配権力のメカニズムである。このメカニズムこそは、一つ一つの商品を生産し、その一つ一つの商品を流通させて一人一人の人間の前にあらわすものであるが、このメカニズムを通して商品を見たとき、はじめて商品の自己運動、自己運動する商品というものの姿がはっきりしてくるのだ。しかもそのメカニズムは現在いよいよ巨大なものとなって人間の前にたちはだかり、人間の眼からいよいよ遠くおおいかくされている。それはちょうど、人間の欲望がいよいよ深いところから衝動をもって起ってくるのが人間の眼に見えがたいのと同じように、見えがたいのである。しかし人間を動いているものとしてとらえるためにはこの見えがたい人間の欲望の内からとらえなければならないように、人間を取巻いているもの、この社会を、動いているものとしてとらえるためには、それを、この人間の眼に見えがたいメカニズム、そこを通って商品が運動するメカニズムの内からとらえなければならないのだ。

メカニズムを通って動くもの、またそれによって動かされる人間については、これまでしばしばとりあげられてきたし、文学作品のなかでもとらえられてきたといえる。しかしこれまでひとは、メカニズムを通って動いてくるもの、またそれによって動かされる人間の動きを見て、メカニズムそのものの動きを見ることは出来なかった。メカニズムを通って動いている物は動くが、メカニズムはそこを通って物の動く一つの道のようなものだというわけだ。あるいはまたメカニズムは社会をつくりたてている骨組、構造のようなものだというわけだ。メカニズムはたしかにそのようなものとして考えることが出来るが、このように考えるだけでは現代社会のメカニズムを考えきることは出来はしない。例えば私は戦争の遂行につれて、軍需生産のメカニズムが一刻一刻変化し、ぼう大なものとなり、それ以前のメカニズムをつきくずしてしまったのを見てきたが、また軍需生産をまもり戦争を遂行する軍国主義権力のメカニズムはまた刻々に変化して、一つ一つのもの、一人一人の日本人をひっとらえ、日本社会のなかに位置づけたのだ。

戦争はこのような社会のメカニズムが動いていることをあらわにしたが、それは戦争に限らず恐慌もまた同じように社会のメカニズムの動きをあらわにさし示す。いやそれらはメカニズムの動きをあらわにさし示すだけではなく、メカニズムそのもののなかから発するきしり、その破裂、さらにその破裂したところから突然眼を撃つようにこぼれ出る混乱した商品と人間の一群の存在などをあらわにさし示すのだ。メカニズムそのものが刻々に動きながら、なおその自分の動きの重みのために多くの物を破滅にみちびき、多くの人を死滅においこむ。そしてそれはまるで生きているもののように叫び声を発するのだ。いや声にならない声、言葉にならない言葉を発するのだ。ということは、すでにその資本主義社会のメカニズムが、そのなかに置いている物と人間とをそのメカニズムをもってしては、そこに置くことが出来ないし、物も人間もいまや、そこからただはみだすほかないことを示している。

このようなメカニズムの破裂をひとはいまの社会のいたるところに見ているが、このような動きつづけ、破れつづけるメカニズムのなかに動きながら存在している物と人間を同時にとらえなければ、現代をとらえることは出来ないのだ。

状況の考えが出てくるのは、ここのところである。人間と人間を取巻いているものを同時に考え、この二つのものを一挙にとらえるものとして状況という考えがあるが、人間を取巻いているものを現代社会のメカニズムを中心として考えて行くとき、この状況の考えは人間を中心として状況を考えて行く実存主義的な状況の考えよりも、さらに厚みをもった、運動する状況の考えだといえるだろう。実存主義の状況の考え方を、ただ人間を中心にしたものだといい切ることは出来ないが、それは主体の運動を実存としてどこまでも追求して行くほどの力をもって、主体を取巻く社会の運動をどこまでも追求しはしないのだ。実存主体もまた人間を主体と考え、その主体とその主体を取巻いて主体の条件をつくりだすものを同時に状況においてとらえようとしているが、この時この状況そのもののなかにある矛盾は主体の側の矛盾としてとらえられがちであり、主体を取巻くものの側の矛盾としてとらえられることが少ないのだ。もちろん実存主体においても状況を内的な状況と外的な状況に分ち、それを統一したものとして一つの状況が考えられている。それ故にただ簡単に実存主体が状況のなかにある矛盾を、主体の側の矛盾としてだけとらえているなどということは出来ない。しかしそこでは内的な状況と外的な状況の矛盾対立をつねに内的な状況の側から考える傾きをもち、外的な状況そのもののなかにある矛盾をとりだすことが出来がたい。

しかし内的な状況と外的な状況の矛盾対立をほんとうに明らかにするものは、戦争、恐慌、革命のような一つの社会全体、さらに世界全体を、一つの大きな同一の状況におくものである。このとき、人間の外的状況と内的状況とは、一つの統一されたものから全く相反した互いにおしつぶし合うものとなり、このとき人間と人間が一つの同じ状況のなかにあって、これまでにもっていた互いの関係を大きく変更しなければならない状態が起ってくるのである。状況のなかにあって、状況そのものの変革が、このときそれらの人たちの眼の前に大きな問題をひろげるのである。

しかしまた戦争という一つの大きな同じ状況のなかで、敵と味方あるいは中立という三つの立場によって、一つ一つ異った小さな状況、互いに対立し合う小さな状況が生みだされることが考えられる。階級のたたかいにおいても、このことは同じように見られるだろう。しかし私が特にこの状況をとらえるにあたって強調したいことは、これらの状況は社会のメカニズムを見ることなくしては決してとらえることが出来ないということである。実存主義による状況の考えは、内的な状況に中心がおかれており、外的な状況はむしろそれにおおいかぶさって来るものの反映としてのみとらえられがちであるが、それではむしろ状況そのものの考えに遠ざかってしまうことになる。そのようなところに状況を考えるのではなく、社会のメカニズムを精密に、しかも動くものとしてとらえることによって、正確に、人間の意識をこえて動く社会の運動そのものと人間との関係のなかに、状況を考えることこそ、状況の考えをさらにほんとうの状況の考えとするものだろう。

このような考えはすでに人間の内に限りなく動く欲望と物との関係を考える時に私のうちに動いていた考えなのだが、私にこの社会物質の運動を、動くメカニズムをとらえることによってとらえようとする考えのはっきり出てきたのは、ごく最近のことにすぎないのだ。……私は人間の内に限りなく動く欲望のなかから人間をとらえる一つの方法をもっている。この方法について私はここで詳しく分析することは出来ないが、すでに書いたようにそれは人間の持っている感覚の内容を分析し、そこに出てきた感覚の要素をもって自分自身が新しい感覚をつくり出し、さらにそれに輝きをあたえることによって、それまでは眼に見えないとされていた人間の欲望のなかにはいり、それを人間の眼に見え、耳にきこえる形に結晶させるという方法である。しかし私は一人の人間の意識、さらに欲望から独立した社会の運動のなかから社会をとらえる一つの方法を、いま確立しようとしているのである。そのうち自然の運動については、ここで問題にすることは出来ないが、社会の運動についていえば、それは動く社会のメカニズム、これまで一人一人の人間の眼にほんの一部しか見ることの出来なかった社会のメカニズムを動くメカニズムとしてとらえ、それを人間の眼に見え、耳にきこえるものとして描き出す方法である。

しかしいま私は、むしろこの二つの方法をいかにして一つのものにするかという問題の前に立っているのである。

青春放浪──「秘密」は見えなかった

青春というか未成年というか、それがどういう内容をもつものであるかを問う作品を私はこれまでいくつか書いている。いくつかというよりも、むしろかなりといった方がよいだろう。戦後すぐ書き上げた作品『暗い絵』また先年『群像』に連載した『わが塔はそこに立つ』いずれも、私の青春のなかにつつまれていたものを、明らかにすることによって、日本人の思想と肉体の関係というようなものを調べようとしたものである。しかし私はなお、青春と呼ぶことのできるもののなかにあったものを、全部引き出してしまうことができたと考えることができない。

それはまったく恐ろしい時期である。自分自身では予期することのできない、奇妙な、形の変わったものが、次々と自分のからだのなかから、飛び出してきて、ぎょっとしてひとりそこに立ちすくむようなこの時期を明らかにしなければ、人間をとらえることはできないと私は思う。しかしそれをすべてとらえつくすことは困難なことである。この時期はちょうど日本が戦争に突入して行く時期とかさなっていて、私の前にはまた同じように予知することのできない軍国主義と戦争とがおしよせてきて、私を根底から変えてしまおうとしていたからである。

私はこの時期、自分の余り大きくない目を開いて、じっと自分と自分の周囲のものをみつづけていた。しかし私はついに自分の見ようと思うものを見いだすことも、手に入れることもできないので、一日中あてもなくひょろひょろ京都の町をあるきまわっていたような気がする。私がいかに全力をつくして、自分の理解することのできない、自分自身や女性や日本の社会や人間などについて知ろうとしても、私の目が小さいためか、私にはその秘密は見えなかったのである。

私の目が小さいことを私にはじめて教えてくれたのは、いまNHKにいる吉田行範である。私は三高にはいって彼といっしょになった。彼は語学の才能があり、いま中国語とフランス語を話すが、当時はやくもフランス語をものにしてクラスで頭角をあらわしていた。しかし私はそのフランス語よりもむしろ、その鼻筋のとおった美少年の趣きのある顔やよい好みや京都風の洗練されたもの腰に最初とらえられた。彼は国文学者吉田精一博士の弟であるが、壬生寺にはいってその跡をつぐ考えのようだった。しかし彼は決して僧籍のにおいを感じさせず、むしろそのやわらかい力のある文章によってクラスのものに認められていた。

吉田行範は『シエル・ダジュール』（青空）というクラス雑誌にクラスのなかで印象をのこす人間をとりあげて、その描写を試みたが、彼はそのなかで私をあつかい私の目をゾウの目だと言った。また彼は私の動作の緩慢なのを、だれよりもはやく確認していたといえるかも知れない。私は寮に帰って自分のテーブルの上に鏡を出して自分の顔をたしかめて見たが、私には自分の目がそれほど小さいとは思えなかったのだから、私も当時は全く主観的な人間だった。しかしそのころ私は非常にやせていて、自分が今日のような体軀を持つことになるなどとは予感できなかったので、この吉田行範の表現に反発したのかも知れなかった。

しかしこのゾウの目というのは決してくさしていっているのではなく、かわいいとほめているのだから、考えちがいしてはいけない。君、ゾウの目を見たことがあるか、なかったら岡崎の動物園へつれていって見せてやろうかと彼は、私がなじると言った。彼は梶井基次郎の『檸檬《レモン》』を繰り返し読んでいて、私にその一部を暗誦してみせたことがあるが、この『檸檬《レモン》』の舞台である河原町二条にあった鎰屋《かぎや》にいつも私をさそった。しかも私は彼のように京都の町を趣味をもって愛することはできなかった。

小学校の六年の時父を失い、母親に働いて学資を送ってもらっていたので、私の手元には使うことのできる金はいつもなく、私は京都の町とは親密な関係をもつことができず、むしろ敵対関係に近いところに置かれることが多かったからである。

吉田行範は私などよりはるかに当時の日本の現代文学によく通じていて私にその話をした。しかし私たちは二人が同じように関心を持っていた谷崎潤一郎の創造した『刺青』や『痴人の愛』などの美をもってしては、自分たちが知ろうとしているもの、まず何よりも女性と自分自身のいずれをもつきとめることができないという点で意見が一致しはじめていた。私は谷崎が自分たちの前に置いてくれた美にたいする一つの追求の方法をもってしては、自分自身のなかにはいることもできず、また女性そのもののなかに深くはいることもできないことを考えつづけた。

吉田行範の机は三高の文丙のクラスの、教室をはいってすぐのところにあり、私の近くだったので私は彼の余りにも柔かい文章についてよく文句を言い、彼はまた私の余りにもぼく然として内容の明らかにならない文章に文句をつけた。しかし私を谷崎潤一郎の美の円内から引き出したのは文甲にいた竹之内静雄だった。

文学の友を求めて

三高には私と同じ中学の四年から先にはいった、いま東京新聞にいる頼尊清隆がいた。彼はラグビー部だったが、私にねらいをつけて、部にはいるように勧誘した。私はもちろんすぐことわったが、ラクビー部の私に対する執着はつよかった。彼らはなかなかあきらめないのだ。私はある日四、五人のからだのよい男たちに取り囲まれ、校舎の裏手にあるラグビー部の小屋のなかにつれて行かれた。小さいバラック建ての小屋の壁には、試合のポスターがベタベタとはってあった。「どうしてはいらない。」「文学をやるつもりにしているので。」私は言った。「そんなよいからだしていて、文学ができるか。からだと相談してみたらどうや。」部員のなかでもっとも体格のよい、大きい足をむきだしにしてしゃがんでいた男が、私を同じようにしゃがませて言った。私がからだがよいとひとに言われたのはこの時がはじめてである。もちろん文学などだれにでもできるものではないという意味なのだ。私はうんと言わなかった。私がよく考えるからというと、彼らははじめて私を自由にしてくれた。

とはいえ私は文芸部にもはいりはしなかった。当時文芸部のキャプテンは青山光二だったのを最近になって、本人の口からきいた。なぜはいらなかったのか、いま明らかにできないが、私はまだ自分の作品創造について自分の考えを決定することができていなかったのである。もっとも私はその後しばらくして自分の作品を書きはじめたが、その時には文芸部にいた織田作之助と意見を異にしていて、はいる考えは出てこなかった。

私は自分が一緒に文学をすすめることができると思う人間を、寮のなかですぐ見つけた。私が見いだした竹之内静雄は、その手のなかにもっていたスタンダール、トルストイの散文と哲学によって私を谷崎からひきはなした。もっとも私はボードレールの『悪の華』を読むことを考えて、三高の文丙にはいったのであって、フランス語が読めるようになり『悪の華』を自分の手元に置くようになれば、私は谷崎のつくり出した美からひとりでに離れて行ったはずなのである。しかし竹之内静雄の方が先に現われたのだ。

いま筑摩書房にいる竹之内静雄に私は三高の寮ではじめて会った。入学して最初の一年間は大体寮生活をすることになっており、学生の数は多かったが、私はクラスで吉田行範を見いだしたと同じように、寮で竹之内静雄をすぐ見いだした。彼はスタイリストの行範とは全く逆な人間で、斉然とした論理を私に感じさせた。最初私は彼に儒者のにおいのようなものをかぎとった。しかしそれはむしろ彼が自分の内から追放しようとしているもののにおいだったと、あとで思った。

彼は文甲で語学は英語だったがすでに自分の専攻を哲学と定めていて、哲学書を手元にそろえていた。彼はしっかりした腰と小さくない骨格のととのった、健康そうな顔をしていた。（しかし彼は一年後に発病して一年間休学しなければならなかったのである。）私は彼によって考えるということ、抽象的な思考によって事物をとらえることを目的としている人間が自分のかたわらにいることを知ったのである。私は彼を自分の前に置いて文学とその抽象的な思考との関係を考えなければならなかった。

ある日寮に富士正晴が竹之内静雄をたずねて来て自分の家へ案内するといった。竹之内はこの時私をさそい、私ははじめて詩人富士正晴に会ったのである。同人雑誌『三人』はこの年の秋出発するが、これが三人の最初の出会いだった。五月末の晴れた日だった。私たちは歩いて北白川に出、銀閣寺道にはいり、橋をわたり横にそれて、農家の家の外についたはしご段を二階にのぼった。

からだの小さい、まるいが鋭い顔をした富士正晴は理甲だったが、学校にはほとんど出ず、すでに二十何稿かの詩の草稿をため、詩集を出す意思を心の底にひめていて私を圧倒した。彼はそれを私たちに見せて「どうや。」と批評をせまった。私は適当に、よいと思うと意見を言って切り抜けたが、心のなかでは自分もこうして草稿を机の引き出しにいれて持っていなくてはならないと考えていた。

私は私の前にまたちがった別の世界が現われてきたのを認めた。彼は押し入れにウォッカや松葉油をたくわえていて、酒と文学とがどう関係しなければならないかを私に知らせた。彼はまた大きなパイプを持っていたように思うが、それは詩人竹内勝太郎につらなるものだった。富士の部屋の床の間にはスカンボや草の根がほうり出されていたが、彼はよくただ一人で大文字山のふもとの野原のなかにおり、空と果実と葉っぱとを言葉でとらえようとしていたのである。彼の指の短い手の平の大きい手はヘビ、トカゲ、ヤモリなど野に動くものの上に動いた。これはもっと後になってからのことであるが、彼はまた一日中動物園をうろうろし、いろいろな動物の交尾を見つめ、私にそのさまざまな方法を教えてくれた。彼は日本の現代文学のほとんどのものを否定しようとしていた。

詩雑誌『三人』のころ

出発は富士、竹之内、私の三人が集まったところから始まる。自分たちがこれまであったものとは別個のものとなろう、また別個のものをさぐりあてようという考えは、この時はじめて明らかになってきた。その媒介をしたものはサンボリスムの詩人竹内勝太郎であるが、この詩人によってマラルメに向かうことになったことについては、私はすでに他のところに幾度か書いた。この詩人を客員として純粋詩雑誌『三人』を私たちは出した。一九三二年（昭和七年）秋のことだ。

ガリ版印刷は富士の下宿で二ヵ月がかりでおえた。富士がガリ切りをやり、富士と二人でローラーを動かした。刷った紙を部屋いっぱいにならべてかわかし、折りたたみ、重ねてホッチキスでとじ、表紙をつけた。富士はそのころから版画の才能を示し、竹内勝太郎の友人である榊原紫峰のカットをほり、表紙に刷ることを考えた。表紙はヴァレリーが出していた同人雑誌『コメルス』にならい、毎号赤、黄、緑、グレーなどの色表紙にした。しかし私は印刷につかれはて、途中で投げだしてしまいたいと何度も思った。印刷インクのよごれを避けるため青い色のナッパ服を富士といっしょに三条で買って来て着てから、少し気分が転換した。

私は小学校の時から着つづけてきた学生服を脱いで、ナッパ服を着て町に出た。私は自分が別個のものになろうとしていると考えたが、それは幻想であり別個のものはそのように簡単には私の内から出て来はしなかった。私が最初の恋愛に失敗したのは、ちょうどこの時期とかさなっている。私は当時西宮市今津にあった私の家の二階に住んでいた医学者の妹のＭ子から、Ｋを紹介されたのだ。私の心はM子の話と彼女の持っていたKの写真によって、Kの方に一挙に傾いて行った。もちろんそれは恋を恋するという言葉によってとらえられるものといってよい。

私はその冬の休みに母親に話し、別府までKの全体をたしかめるために出かけて行った。母親はまったく気持ちよく旅費を出してくれた。くれない丸という船で瀬戸内海を行き別府に行ったが、波止場にはKとM子の二人が出迎えに来ていた。細面のKの印象は、私の予想していたものとほとんどちがわないと思えた。しかし私は旅行から帰るや、Kには少し印象がちがっていたと書いてやったのだ。それは全く当時私がとらえられていた虚栄心のさせたことである。Kは私のその手紙を恐怖をもって読んだようである。私は別府の旅館に二日ほど泊り、その間KとM子と三人で高崎山の近くにのぼったりして遊んだが、やがてそれはKの親に知れるようになり、Kは私との関係を断ったり、またもとにもどしたりするということになる。私の書く詩の量は豊富になり、同人はみな私を興味をもってながめだしたが、Kと私の関係はまったくおさない関係といってよかった。私は『暗い絵』や『青年の環』のモデルとなった女性たちに会って、はじめて男と女のたたかいのなかにつき入り、全く不可解な女性の内容のなかで溺死しそうになる。

間もなく私は発病し、毎日微熱に見舞われ、ついに休学しなければならなくなった。竹之内静雄は私が京都を引き揚げるにあたって、私に子規のことを話し、高浜虚子の『柿二つ』を読めと言った。私は子規のことを考え『柿二つ』を読んだが、私はむしろジイドの『背徳者』にひかれ、私と同じ病気にかかってそれを治すために一日に何度も無理じいに栄養食を腹につめこむその主人公のことを考えた。私がKと別れるのはこの年の秋である。Kはその春東京の女子専門学校に入学し、東京に下宿生活をはじめていたが、親のすすめる結婚を振り切ることができないと言ってきた。彼女は私より少し年上で、私のたしかでない将来に不安を感じたのである。私は上京し彼女と一晩中話し合って、彼女のいうところを最後に認めたが、彼女はそのようにあわてて二人が別れなければならないとは考えていないようだった。しかし私は二人が別れることをきめて帰って来たのである。私は京都に帰って来て同人たちに会ったが、同人たちはあとで私がその時どろんこのなかにつきおとされたような顔をして帰ってきたと言った。

私が日記を毎日かかさず書き、自分自身の全体をとらえようと決心するのは、この前後からのことである。自分自身のうちにひそむ醜悪なもの、ひとの目の前に出すことのできないもの、すべてを避けることなく書きとめることを私はきめた。私はそれを実行し、私の日記は空襲で焼けることなく、いまも手元にある。しかしこの日記は私の生きているうちには発表できないのではないか。私の死後発表するほかないのではないかと思っている。いまは発表を許されない部分が、あまりにも多いと思えるからだ。富士も日記を書き竹之内も日記を書いていたが、日記による自分自身の追及がしばらく同人をとらえるのである。もっとも大学ノートに何冊も書きつけた日記を読み返してみて、方々にあまりにも浅薄な言葉がちらばっているのに私はあきれ返る。そこにはなお自分の思想を明らかにしえない未成年の混乱と模倣があふれている。

同人五人で合宿生活に入る

三高には『岳水会雑誌』という名前の校友会誌があり、その主宰者は文芸部だった。私はこの雑誌に原稿を応募して待っていたが、雑誌が出て私が出した作品のほとんどが没になってしまったことが明らかになった。ここから文芸部と『三人』との対立がはじまる。富士と竹之内と私は、一体だれが私の作品を没にしたのか、その責任者はだれなのかをさぐって行った。最初その責任者はなかなかわからず、ずっと後になってようやくそれが織田作之助らしいということが明らかになって来た。

富士と私は『岳水会雑誌』の合評会がひらかれた時、のりこんで行った。場所は鎰屋《かぎや》の二階ではなかったかと思うが、コの字形につくったテーブルの両側に文芸部員と作品応募者が席についた時、私たちは怒りをおさえ、雑誌にのっている作品を片っ端から一つ一つやっつけて行った。それに対して文芸部の人たちが弁護にまわる。それに反対して全面否定の意見を富士と私は交互に出しつづけた。合評会をおえて私たちは意気揚々として引きあげた。「なんや彼らは、ああいうふうにやれば全然何もいえんやないか、結局こっちのいうこと認めよったやないか。」富士は帰り道、私に言った。

その席には織田作之助は出ていなかったので、この時私は彼と論争をすることはできなかった。そして私は戦後はやく世を去って行った彼と、ついに論争の機会を持つことがなかったのである。もっともその後その責任を織田作之助一人に帰するのは無理であるということが最近青山光二によって明らかにされて来ているので、私は自分の考えを変えなければならないように思う。しかしこの文芸部対『三人』という対立はその後しばらくして白崎礼三や青山光二、織田作之助らによって出された同人雑誌『海風』対『三人』という対立となってつづくこととなる。『三人』の主張するところはサンボリスムと詩の回復とドストイェフスキーとであった。『海風』の主張するところもまた、その中心にいた白崎のとなえる詩の回復であり、その上にたって日本文学の失っているものを取り返そうというところにあったように思う。しかしこの二つのグループの対立はついにその後その対立のなかで、互いの主張を相手に投げつけ、相手の存在の根拠をつくというところまで行くことなくおわってしまった。

私はさがしつづけた。私は竹内勝太郎によって、ボードレール、ベルレーヌ、ランボー、ヴァレリー、マラルメとたどり、詩を自分の前に置いて、そのなかに自分の全体をとじこめようとした。詩的宇宙はいつも黒く輝く輪郭をつけて私のからだに接触しているようだった。しかし私はなお私のなかに、詩的宇宙にとじこめつくすことのできないものがあるのを感じなければならなかった。それは結晶の形をどうしてもとらないどろどろとしたものであり、私が整理することのできないものだった。私のからだはつねに一方では詩的宇宙に接しており、一方でははげしい勢いで空間を増大してきた性的宇宙に接していた。私はそのどろどろのものを、詩の形のなかにとらえようとして、沼やハス池や溶鉱炉などのイメージを追って行ったが、ついにそれは小説によってとらえるほかないものと考えるようになった。しかし私は自分自身をつきとめる方法をさがしつづけなければならなかった。

『三人』の同人の創造が上昇をはじめるのは、出発して二年ほどたってからである。この前後に同人は数を増し、井口浩、吉田行範、尼崎安四、瓜生忠夫、伊東幹治、桑原島雄などがはいって来る。私と同じように発病して一年間休学して郷里に帰っていた竹之内静雄も、京都に戻って来た。そして私たちの合宿がはじまるのである。浄土寺南田町の疏水の堤からちょっとおりたところにあった二階家を五人で借り、下宿を引き払って『三人』に結合した生活をはじめようとしたのである。目標とするところはデュアメル、ロマン、ビルドラックなどのアベイ運動のように、合宿して自分の労働をもって雑誌を発行し、それを自分の手で読者を見つけて買ってもらい、自分たちの文学世界を自分たちの手でまもり、築きあげるということだった。

私たちは編集、ガリ切り、ローラー係、表紙つけ、製本などの労働をわけて、一人一人が平等に分担し、昼間はそれをやり、夜には討論をつづけ、またそれぞれの作品を書くということにした。炊事だけは回り持ちで、買い出しとたき出しの二人を毎日交代できめた。この合宿生活は三ヵ月間ほどは大きな効果をおさめた。労働の分担は各自の気持ちを高揚させ、また同じ場所での創造はたえず互いの創造を極度に刺激し合い、たえざる緊張のなかにみなを置いたからである。しかしいかに限りないエネルギーをもった未成年たちであるからといって、緊張の連続は必ず破局をまねく。三ヵ月ほどして、合宿者は一人一人一日中家をあとにし、夜おそくでなければ帰ってこないという状態が生まれる。ついに炊事の責任をもって飯をたくものがいなくなり、食卓の上に出るのはいつもパンだけということになった。

ムッシュウ・ノマッド

先年『わが塔はそこに立つ』を書くために、私は三一書房の田畑氏の案内で京都中京の彼の旧家である友禅工場を見せてもらい、また京都東山の寺々を回ったが、京都の町は戦災を受けなかったとはいえ、やはりかなり変わっていた。しかしべにがら塗りの古い京都の二階家はまだ方々に残っており、私はそれをながめながら、その家々にはさまれた静かな道をいつも不安と欲望を後ろに引きずりながら歩いていた未成年のころの自分を思い出した。

私はやがて小説のペンを取りはじめていた。私は二百何枚かの作品を書き上げたが、それはいまから考えれば、ドストイェフスキーの模倣にすぎないように思える。劣等感と優越感に交互にせめたてられる男が主人公だった。それはあるいは、さがせば押入れかどこかに見つかるかも知れないが、私はそれは見たくはない。私はその前で目をかたくふさぎたい。私は小説の方法をば手に入れることができず、私は長い間苦しまなければならなかった。

岡崎のつる家という料亭の近くに榊原紫峰の大きい屋敷があり、『三人』の同人は竹内勝太郎につれられて時々たずね、おいしいお茶、すしなどのごちそうになった。竹内勝太郎は自分の盟友である立体派の画家、船川未幹をはやく失い、そのころようやく日本画の榊原紫峰を発見して、自分の詩とこの友の絵との結合をはかろうとしていた。玄関をはいり奥の応接室のりっぱなソファの上でレコードをききながら、長い時間をすごすのだが、榊原紫峰は竹内勝太郎の前に自分の未完の絵をかかげて意見をたたきつづけた。その細いマユの下の目は長く、私はその目の下でからだをかたくし、しかし平気をよそおうと努力した。いかなる芸術家であろうと対等につきあおうと心にきめていたからである。大きなぼうばくとした竹内勝太郎とは全く反対の細い神経の緊張した顔をした榊原紫峰は、一枚の鹿の絵に全力をうちこんで、憔悴しきっていた。私はその絵と格闘したばかりのすさまじいその画家の顔を心に刻みつけた。

榊原兄弟はほとんどが画家で、雨村、支考、苔山とつづいているが、富士と私を相手にして遊んだのは榊原支考だった。やはり日本画だったが、その絵は色が厚く、線ははげしく、しかし全体として未完成だった。でき、ふできがあり、できの悪い絵は見ることもできないほどひどいものがあった。

しかし本人の鼻柱はまったく強く、どや、どやと自分の絵を次々に見せた。私はこの野放図な榊原支考が好きだった。その絵のでき、ふできの差のひどいのも好きだった。そしてはたしてどこまで自分をのばすだろうかと期待した。

彼はつくりの大きい顔をしていて、からだもまた大きく、私たちをつれて町のなかで大声をあげて絵について語り、通る人々を振り返って見させるのである。富士と私はいっしょにその寺の離れをたずね、彼を外へ呼び出すのだが、彼はすぐに出て来て下駄をつっかけ、つけのきく近くの飯屋につれて行き、彼の抱負を語りつづけてあきなかった。彼は当時の日本画だけではなく、油絵もよく見ていたが、有名な画家の名を一つ一つあげ、それを紙の上に書いて行き、その上に斜線をひいて「みんな、あかんな。」と言った。富士正晴は杯をおき、「まあ、そんなもんやろな。僕らの方も同じようなもんやな。」と調子をあわせた。「文学の方も、やはり同じようなもんやとすると、それやったら、僕と君らといっしょにやらんとあかんのやな。」榊原支考はこのような調子のことを言った。当時彼はすでに三十に近く、なおそのオリジナリティーを見いだすことができていなかった。そして彼は時々そのことに気づいて淋しくなるらしく、気合いをかけるかのようにして私たちの前から姿を消してしまった。また彼はエビの絵を書いて私たちに見せ、これがいまみなのかいていよる絵や弁当絵やなと言ったが、仕出し屋の折り詰め弁当の上にのせたような現代絵画を破ろうとして彼は全身をふりしぼっていたのである。

富士正晴は理甲に二年いて、どうしてもフランス語を勉強したいというので、もう一度三高文科の入学試験を受け直した。私は彼がその試験前に入学試験の準備をしているのを見て驚いたが、試験に合格し文丙にはいったという通知を見て、喜ぶと共にさらに驚いた。このように試験にたえる力が彼のうちのどこに収められているのか私にはそれが一方では不思議に思えた。ところが彼はせっかく、自分の望む文丙にはいったにかかわらず、やはり依然として学校に出ない日が多かった。それは私の心配の種だった。しかしまたもちろんそれは彼自身のはげしい頭痛の原因だったのである。とはいえ半年以上病気で学校を休み、また微熱で時々授業を中途で休まなければならなかった私のフランス語も決して上達していたわけではない。私は無事三高をおえて京大仏文科にはいったが、若いフランス人の講師は、私がいつも講義におくれてはいって行くので、私のことをムッシュウ・ノマッドと呼んだ。ノマッドというのは遊牧の民のことである。お前は一体どのあたりをうろうろと動いてここに来るのかというのである。

読書会でマルクスに親しむ

大学にはいってしばらくして私は小学校の友人小野義彦に紹介されて、当時の学生運動のリーダーたちと交わることになった。永島孝雄、藤谷俊雄、奈良本辰也、森信成、布施杜生などである。しかし私は積極的に学生運動に参加したとはいえない。これは私がからだが弱かったためでもある。このころ私は小学校時代の友人羽山善治と会い、彼を学生運動のリーダーたちに紹介するのであるが、羽山は当時あるいは私が死ぬのではないかという印象を受けたと戦後私に話した。微熱は依然としてつづいていたし、その上、私は胃を悪くしてしまい、食堂に行って膳の上のものを見ると吐き気がして少しも食べられないという状態だった。私は下宿の二階の部屋でよく胃袋のあたりをかかえるようにして、しゃがみ込んでいたが、その私の耳に動物園のライオンのほえる声がきこえて来て、私は全身に焦燥が行き渡るのを感じた。

しかし私が学生運動に積極的に参加することができなかったのは、やはり自分がまだ自分の文学をすすめる自身の方法を見いだすことができていなかったからだった。私は自分の書いた作品と学生運動をどのようにつなぐかについて、十分明らかにすることができなかった。また私の書いた作品は学生運動のなかでほとんど評価されることがなかったのである。事実その翌年発行されることになった『学生評論』に私は小説を書くようにたのまれ、四十枚ほどの作品を書いて渡したが、それはついに掲載されることなく、私の手元に返されて来た。もっともその作品は戦争中になくなってしまったために、そのできばえを証明しようにもできないのだが、いま思い浮かべてみてもやはり部分的にはよいところがあったと思う。

しかし私はマルクスの『資本論』の読書会には参加し『資本論』を読みはじめた。以前井口浩に教えられて『ドイッチェ・イデオロギー』などを読んでは来たが『資本論』に取り組むのははじめてのことである。もちろん当時『資本論』読書会は非合法だったが、参加者は最初十人ほどで後には五人くらいになってしまった。このリーダーは私と同じ中学を四年から三高にはいり京大法科にすすんだ、度の強いめがねをかけた岩城政治だった。場所はおもに彼の下宿だったが、岩城は私がいつもくどくどと質問を出すと、質問がおかしく思えるのか、笑いをこらえて答えてくれた。

三高では私は伊吹武彦教授、土井虎賀寿教授、山本周二教授に学んだが、大学では太宰施門教授、落合太郎教授に学んだ。伊吹教授には大学でも引き続き学んだ。私は大学にはいって半年ほどして落合教授の研究室をノックしてはいり、いきなり大学をやめようと考えていると言った。私は教授に自分の信頼を示すつもりだったのだ。髪の真っ白なととのった顔をした和服をつけた教授はぐっと大テーブルの向こうに立ち上がり君は一体何を言いにきたのだといい、なぜかと大声をあげて私にせまった。大学がつまらないからですと答えたところ教授は見る見る激しい怒りを表わし、私に質問をはじめた。今日考えてこれは当然な怒りだったと私は思うが、当時私はなぜ教授が突然そのように怒りにとらわれたのか、十分のみこむことができなかった。私はいつものように自分の思っていることを口でうまく表現できそうにないのを不安に思いながら、自分が文学をしようと考えていること、またジイドを読んでいることを告げた。「一体ジイドの何を君は読んだね？」「ジイドはほとんど読みおえました。」「ほとんど読みおえた？　そのようなことはないだろう。それならきくが君はまことにテキストで読んだんだね。」「いいえ、翻訳で読みました。」「翻訳で読んだ？　君はそれでジイドを読んだというのかね。」私は帰るようにいわれて部屋を出た。私はすでに『パリュード』『鎖をはなれたプロメテ』『一粒の麦もし死せずば』などはフランス語で読んでいたが、この日からジイドのテキストを集めはじめた。

しばらくして私は落合教授に自宅に来るようにいわれた。私は中京の教授の家を夜たずねたが、玄関をはいった広い部屋の欄間のところにはヤリがかざられていて、それが私の目を射た。教授は私を大机の前に招じ、黙ってじっと私の顔を見つづけて私に君のめがねは右の方が左よりずっと下がっている。君はまずそのめがねを直したまえと私をさとした。唯物論を勉強しようと考えている学生がそのようなことが考えられないでどうするのかとさらに教授は言った。この教授の言葉は私には非常にいたかった。

私は下村正夫と会いさらに内田義彦に会い、ようやくマルクス主義の理論を自分のものにすることができるようになった。私を下村正夫に会わせてくれたのは、いま筑摩書房にいる、当時四高から京大法科にはいった土井一正であるが、彼はまた私をその後井上靖に会わせてくれたのである。彼は私の文学的成長をいろいろな方法でささえてくれたのである。私は学校を卒業するまでほとんど毎日下村正夫を下宿にたずね彼といっしょにすごしたが、彼は私に中井正一の理論を、私は彼に梯明秀の理論を紹介することになるのである。

しかし私はなお、マルクス主義の理論と自分の作品とを一つのものにする方法を自分のものにすることはできなかった。

わが〈心〉の日記

　先日、新日本文学会の大会で、私は考えあって、批評家たちと激しく対立し、繰り返し、作家は宇宙を創造しなければならないと主張しつづけてみた。ところが、私のその試みはどうも、うまく成功しなかったようで、私の主張はいかにもへんてこなものに見えたらしく、ついに一部のひとから、創造神秘主義という声を掛けられるようなことになってしまったのである。しかし私は私のその試みに少しも失望していないし、その大会が不成功だったなどとも考えていない。大会はかなりの成功を収めたものと思っている。

　ただ私は、私の主張のうえに掛けられた声である創造神秘主義の掛け声が、飛び散ってしまうのは、はっきり見とどけたいといま考えている。

　その大会の二日目に、私は、花田清輝に朝早く会った。文京区役所の上の会場には、まだ、ひとはだれもいず、私はひっそりとしたところで彼としばらくの間話していたが彼はちょっと皮肉な色をその目に浮べながら、キャロル・リードの「華麗なる激情」という映画を見たかどうかと私に聞いた。私は見ていないと答えたが、それではぜひ、ごらんにならなければいけないねと、彼はいつものように、丁重にしかも半ば命令的に私にいうのである。ミケランジェロがね、宇宙を創造するんだよ、と彼はつけ加えた。

私はこの戦略家のことばに、最近は、それほど用心することなく近づくのだが、私は病気をしてから劇場や映画館など人の多く集まるところは、その後の疲労を予想して敬遠し、ほとんど行ったことがないので彼の忠告をも、そのままに聞き流した。しかしその後二週間ほどして彼に会い、再びあれを見たかと聞かれては、この映画を見ないわけにはいかなかった。私は混雑をさけるため朝の第一回の上映の時間を選んで、池袋の映画館まで出かけて行った。

たしかに、ミケランジェロは、宇宙創造をその映画のなかで、するのである。映画はローマのシスチナ礼拝堂の天井画の天地創造の絵が、いかにしてすすめられ、完成されるかに中心がおかれている。そして映画は「一つの戦争をするよりも、お前に絵を描かせる方がはるかに経費がかかる」という法王ユリウス三世と芸術家ミケランジェロとの対立の統一とでもいうべき、おもしろい画面を、大型色彩をもって次々と大きく広げてくれる。そして私はそれを見ながら花田清輝が私にこれを見るようにといった時の、真面目とも皮肉ともつかぬその調子を思い出していた。映画はたしかにおもしろいし、ミケランジェロの彫刻、絵画の創造に近づいて、それをふんだんに見せてくれる。しかし私は見ながら、そこに重大なものが抜けていることを、すでに考えていた。

抜けている重大なものというのは、ミケランジェロが創造をすすめながら、たえず頭に置いていたにちがいない神の「最後の審判」ということなのである。「最後の審判」によってこの宇宙の崩壊がもたらされることを、ミケランジェロはたえず頭にとどめながら、つまりその宇宙崩壊そのものと真正面から向い合いながら彼の宇宙創造をすすめていたのである。「華麗なる激情」には、このミケランジェロの頭をたえずとらえていた最後の審判については、少しもといってよいほど触れられてはいない。したがって、そのミケランジェロの宇宙創造の絵を描きすすめる契機となっている宇宙崩壊の問題は、ほとんど現われてはいないのである。そして私はこの映画に心の底からひっとらえられるということはなかった。

何故といって、私は第三次世界大戦という一つの宇宙崩壊を導くものと真正面から向い合うことによって作家はその作品の創造をすすめなければ、現代の作家とはいえないのではないかと考えているからである。つまり私は、ミケランジェロがたえずその頭に襲いかかる宇宙崩壊に向い合って、その宇宙創造をすすめたように、現代の作家もまたその宇宙の創造を行なわなければならないと考えているのである。とはいえ、第三次世界大戦は、ミケランジェロの念頭にいつもあったような、決して防ぐことのできない神の最後の審判のようなものではなく、今日人類の手によって防ぐことのできるものであって、また、どうしても防がなければならないものなのである。

先年ローマのシスチナ礼拝堂をたずね、その中央に備えられた長イスにかけて、ミケランジェロのその天井画を私は三時間ばかり見上げていたことがある。その時、私の頭をしばしば横切ったのは、詩人ダンテのことだった。そして私がその時、天井画を見渡しながら、ダンテのことを考えたというのも、またいたって自然なことだったのである。ミケランジェロがこの天井画を描いた時、彼の心をとらえ、導いていたのは、ダンテであり、その『神曲』だったからである。

巨大なダンテは巨大なミケランジェロの心をたえずとらえ、その『神曲』は約二百年後に同じフィレンツェに生まれたミケランジェロの内深く入り込み、その詩と彫刻と絵と生活のすべてを導いたのである。ミケランジェロの全身をとらえつくしたダンテは、まことに恐ろしい詩人であるが、しかし彼はこの上なく恐ろしい思いを私にさせると同時にまた私の心をその底から放ってくれる詩人でもある。ダンテは人間のあらゆる悪を知りつくしていて、人間の犯す悪であってダンテの知らない悪はないといえるようなひとである。彼は人間の犯す罪と悪を知りつくしていて、それを『神曲』の「地獄篇」に一つ一つ数えあげ、書きつくしているが、私は学生時代その「地獄篇」に心をとらえられて以来、自分の犯す悪がすべてダンテにたえず見張られているような気味悪い感じを持たされたものである。

とはいえ、ダンテが何故そのように人間の悪に精通し、人間の古代から犯した悪のいろいろの事例を調べあげていたのかというと、もちろんダンテ自身がある時期、悪に染まった人間だったからなのである。私は学生時代は、生田長江訳の『神曲』とロンニョンの仏訳とを手元に置いていたのだが、最近は野上素一訳のものにたよっている。ここには「ダンテの魂」というパピーニの解説がついているが、パピーニは「ダンテが罪の人であり、数々の罪でけがれており、またこの事実を彼自身が明白な、ないしは間接的な告白のかたちで認めていたという点は、だれ一人否定しえない真実である。」と書いているのである。

「煉獄篇」第三十歌で、いよいよダンテがベアトリーチェに導かれて天上界にはいろうとする前に、ベアトリーチェはダンテについて、つぎのようにきびしいことばを発するのである。「私はまた頼んで黙示をえて夢幻の中でそれによって彼をよび戻そうとしたが、かいがなかった。彼が無関心だったからだ。彼はたいそう深いところへ落ち、いまとなってはあの滅亡の人々を彼にみせること以外には救済の手段はみなつきてしまった」。滅亡の人々というのはもちろん地獄に落ちた人々のことだが、私はこのような個所を読んで、しばしば自分の心が、ほっとしてその底から放たれるのを感じたものである。少年時代をすぎ、ドストエフスキーが特別に「未成年」という呼び名をもってよんだ時期に、私もはいり、私もまた悪を意識し、悪に染まり、さらにみずから悪のただなかにはいって行こうとしていた時である。

私は当時「地獄篇」第三十四歌の地獄の帝王ルチフェロに限りない魅力を感じていた。ルチフェロは、かつてはもっとも美貌だった天使なのであるが、神にそむいて最大の悪のなかに落ちて地獄に住み、いまはもっとも醜悪な顔の持ち主になっているのだが、そのもっとも醜悪な顔の下から、かつてのその美貌がすけて見えるのである。そしてこの地獄の帝王は氷の世界に住んでいて、もっとも悪い罪を犯したものたちを、永久の氷のなかに囚えて凍らせつづけているのである。

ダンテの『神曲』はしばしばわいせつ本の代わりに西洋の良家の子女に読まれてきたといわれるが、私は西洋の良家の子弟ではなかったが、わいせつ本の代わりにこれを読んだものの一人といってよい。私は『神曲』のなかのわいせつなところを、つぎつぎとさがし出し、幾度となく、そこに引き返して行った。しかしダンテが、政治運動のなかで裁判にかけられ、不法入国すれば焚刑《ふんけい》にすると宣告を受け、フィレンツェを二十年近くも追放されていたという問題を考えるようになったのは、少し後からのことである。政治の上で失敗し長い亡命生活、頭を下げて食を乞わなければならない長い寄食生活のなかで、ダンテは人間の何たるかを、また社会の何たるかを知るのである。

最近非常にうれしかったのは『神曲』の訳本が一つふえ『神曲』の平川祐弘訳が出たことである。私はさっそく買ってきて手元に置いているが、この訳者は解説のなかで、いかにダンテの『神曲』がミケランジェロの心をとらえていたかについて、明らかにしている。そこにはミケランジェロのソネット「ダンテ」の冒頭の四行が訳されている。

天より降り現身《うつそみ》のまま
正義の地獄と煉獄を見、
生還して神を観照し、
真理の光をわれらに与え……

「〝ダンテの追放に比すべき不当の処置はなし〟というミケランジェロの憤激は、気質や境遇が酷似する最大の詩人への最大の彫刻家の共感といえるだろう。ダンテの昂然たる独立不羈の態度や特に詩人が〝神曲〟に刻み込んだ文字が二世紀後のフィレンツェ市民ミケランジェロの精神を稲妻のごとく打ち、彫刻家はこの書物を読むことによって自己を見いだしたのに相違ない」と解説はいっている。

ダンテもミケランジェロもともに巨大な戦闘的な芸術家であり、ダンテは平和のために、ミケランジェロは自由のために、全身を投げだしたのである。私がミケランジェロに近づいたのは、ロマン・ロランの『ミケランジェロ』やその他の人の『ミケランジェロ』によってではなく、ダンテの『神曲』によってであるが、私がこれら二人に近づいたのは、この二人がいずれも戦闘的な芸術家であったからである。

しかし私が学生時代『神曲』に近づいたその動機は、私の幼年時代から自分の心のうちに沁み込み、私の魂のほとんど全体を占めていたともいってよい、仏教から脱けだそうとするところにあったのである。もちろん私は仏教から脱け出してカトリックのなかにはいろうなどと考えていたのではなく、私の心をとらえていた仏教の地獄なるものを破壊しようとして『神曲』の「地獄篇」の力を借りようとしたのである。

私の父母は親鸞を祖とする在家仏教徒でしかも非常に信仰にあつく、私はその家に育って小さい時から信仰をつめこまれたが、小学校三年ごろから次第に仏教に疑いを持ちはじめ、毎夜のように地獄におちる夢を見ておびやかされるという状態だった。とはいえ、私が大きくなるにつれて、私のうちに侵入していて私をおびやかす地獄なるものは、それほど強烈なものではなくなり、私はその存在をほとんど信じることがなくなったのだが、いざそれを否定しようということになると、それは意外にも強い力をもって抵抗しだしたのである。

私がマルクスに近づく動機の一つもそこにあったといってよいのである。しかし、私は最初まず『神曲』の地獄によって仏教の地獄を破り去ろうとくわだてたわけなのである。仏教の地獄といえば、日本では源信の『往生要集』に描かれた地獄のことなのであるが、私はこの『往生要集』の地獄と『神曲』の地獄を比べながら『往生要集』の地獄から出て行こうとしたのである。

『往生要集』の地獄は『神曲』の地獄よりもはるかに数も多く、種類も多く、地獄におちた亡者のしいおきもずっと冷酷である。しかしその表現は単調で仏教経典の文章法にならっていて、繰り返しが多く、たいくつで、それ故に『神曲』の強烈な描写力によって描かれた地獄に駆逐されて行くように思えた。

　私が悪に向って自分をすすめようとしたのもまた、この時である。自分を悪につきおとし、地獄に住まう自分を恐れることのない自分にしようとの試みだったと解釈できる。もっともそれは、よく解釈してそうできるということであって、私は悪の魅力につよくひかれていたのである。

　私は『神曲』の顔の三つある地獄の帝王に心ひかれ地獄の帝王となる自分を思い描いたのもこのころのことで、私は落着きをなくし、不安のなかにとらえられ、毎夜下宿を出て京都の街をうろつきはじめる。私の父も母も、悪を知ること、なすこと非常に少ない人間であったが、私はそれとは逆の位置に、悪の炎の中に自分を置こうとしていたのである。しかし天使でない私がルチフェロになれる訳はなく、私は『神曲』「地獄篇」のなかに受けいれられようとして、逆に一時はげしい力で、そこから突き離され、まったく行きどころのない自分を見出さなければならなかった。

　もっとも私はこのように少年時代、地獄に脅やかされていたのだが、地獄にまったくよく似たものが、戦場にあることを知ったのは、私が大学を卒業して、召集され、フィリピンのバターンの戦場に送られて行った時である。

　私の父親は、私の母親と子供をのこして、はやく死んだのだが、母親の方はいまなお健在である。小さくして他家に奉公に出、結婚してからは、はやく夫に死に別れ、働いて私たち子供を育てあげてくれた、彼女の人生は苦労の連続といってよい。そのなかで彼女は夫から伝えられた信仰を少しも失うことなく、いまも大切に守りつづけている。彼女の長年の労苦の身をささえつづけたものは、在家仏教徒としての信仰であったということを、私ははっきり認めなければならないと思っている。

　私は少年のころ、母親の口から「金で面《つら》を張られる！　お金さえあればね」という、じつにくやしさのこみ上げてくるような調子のことばが出るのを聞いて、思わずはっとさせられることが、時々あった。それはたしかに、きびしい感じを刻み込んでいることばだった。私は後になってそのことばの意味を考えてはげしい打撃を受けたのを感じた。とはいえ、考えてみるとぼんやりものの私は、どうやらこの金で面を張られるということばが、いまもってまだ身にしみては解っていないらしいのである。しかし、そのぼんやりものの私にも身に徹して解っているのは、軍隊でのバッチ、ビンタ、私刑の、骨髄のなかまでも、ぐっとはいり込んで来るそのすさまじい内容である。それを受けた顔はたちまち紫色になり、変形してしまう。編上靴、帯革、上靴が使われるからである。さらにそれは、いやらしく、いろいろと工夫されていて、手が込んでいるのだが、それが最高潮に達するのは、いままで知られているように軍隊の内務班においてなどではなく、戦場においてなのである。

　私は金で徹底的に面を張られたということがなく、残念ながら資本主義社会そのものがひとの上に冷徹に作用する、そのはげしい手答えを自分の身体で十分知りつくすところがないといわなければならないが、大日本帝国の国家の権力がひとの上に加える作用については、自分の身体をもってすべて見届けているつもりである。……私はまだ戦場での日本軍隊、戦闘する日本軍隊を作品に書き上げていない。しかし、私はバターン半島のマリベレス山の細いけわしい山道を、歩兵砲の大きな重い鉄の防楯を背にして、ひょろひょろと歩きながら、地獄に似たものがそこにひらけていると考えていた。馬の背中は熱帯の太陽のために、ずるずるにむけてしまって鞍を置くことができず、大砲は兵隊一人一人が分解搬送しなければならないのである。しかも四年兵以上の兵隊は何一つ持つことなく、三年兵、二年兵はまっ先に軽いものを選び私たち初年兵は砲のもっとも重い部分を運ぶだけではなく、将校や下士官の背嚢もまた初年兵が交代で持たなければならなかった。しかも私たちの歩き方がのろいといって古い兵隊たちは、私たちを、なぐりつづけた。私の親しかった初年兵は「こんなことなら、いっそのこと、はようタマにあたって死んでしまいたい。」と私によくいっていたが、やがて彼はその求めたとおり死んでいった。私たちの周囲では、多くの兵隊がアメリカ軍の砲撃でやられて、見る見るうちに倒れ、山すその広場に運ばれて行ったが、あたりに樹陰がまったくなく、砲弾の破片で倒れたものたちは、強い太陽にてりつけられてほんの一時間ばかりで力を失い、死んでいくのである。

私はその戦闘の開始直前、兵隊たちにくばられた絵入りの葉書に、生きて帰ることは出来ないと書いて母親にあてて出した。しかし私はその葉書のことばにもかかわらず生きて帰って来たのである。

とはいえ、母親は今日、この私が生きて帰って来たとはいえ、以前持っていた信仰を失ってしまったことを、心の底でまったく悲しく思っているにちがいないと思う。彼女は口にこそしないが、この私が彼女の行く極楽とは遠くはなれた地獄に落ち、その責め苦にあい、いかに彼女が手をのばそうにももうその母の手をのばすことは出来ないと、案じていると思える。

学生時代、私はやがて少しずつマルクスに近づき、その史的唯物論をもって、ついに自分のうちになお残っている仏教と正面から向い合い、それとたたかうことをすすめたのである。私は『資本論』「商品の物神崇拝的性質とその秘密」の宗教分析のところを繰り返し読んだ。もっとも私がマルクスを求めたのは、決して宗教の問題を解決するためだけではなく、貧困の問題を解決するためだった。

そして私は次第に仏教から自分の足を引きぬくことをしとげるところまで行く。それはじつに長い時間を必要とする作業であるのだが、私はかなり性急にそれをはたし、ただそれからのがれ出ようとしたのである。しかし私は当時、ただただ自分自身の思想のことだけしか考えられず、信仰というものを自分の中心において生きている多くの人々のことについて、まだ十分考えることが出来なかったといってよい。

それゆえに私は、マルクスが資本主義社会そのものの分析をすすめた『経済学批判』の序言の終りに、つぎのように、ダンテの『神曲』からことばを引いてきたその意味さえ、十分、考え切ることが出来なかったのである。「だが科学への入口には、地獄への入口とおなじように、つぎの要求がかかげられなければならぬ。ここにいっさいの疑懼《ぎく》をすてなければならぬ、ここにいっさいの怯懦《きょうだ》が死ななければならぬ」

私は、いよいよここで、どうしても親鸞をとりあげなければならないと思う。

昨年来から私が特別の期待を持って読みつづけてきているのは「茨城県史研究」に連載されている桜井武雄の「常陸の親鸞」である。著者は常陸における親鸞の行動の跡を、新しくたどり、いままでほとんど明らかにされることのなかった親鸞の東国行にせまり、新しい親鸞の姿をもたらしてくれるのではないかと考えられるのである。

私が青年時代全努力を傾けて否定しようとした親鸞を、もう一度自分の前に置くようになったのは、八年前のことで、新興宗教の問題が大きく表に出てくるより、ずっと前のことである。私は宗教の問題を私一人の問題と考え、それを解決しようとしてきた青年時代の私の考え方から出て、これを日本人全体の問題として考え直さなければならないと考えだしていたのである。私は日本人の心の奥のところでいまもなお生きて動いている仏教について正確に明らかにしなければ、日本の多くの人々を理解することもできなければ、またその行動を左右するものについて、しっかりとらえるということもできないと、考え始めたのである。

私は辻善之助の『日本仏教史』にとりつき、日本仏教の古くからの流れとそのいろいろな派と、その根元にある思想をおおよそとらえることが出来たが、そのようななかで、私の前に再び浮び上がってきたのは、親鸞だったのである。もちろんこの時私は服部之総の『親鸞ノート』を再読することになったのだが、私はそこにある越後農民の常陸移住説に、つよく心をひかれたのである。

越後の農民のうちの貧農たちが、借財で首がまわらなくなり、また、貧困で食えないが故に盗みなどを働いて、つまはじきされた人々が越後の山を越えて常陸に移住したのに、親鸞はそれに同行し、それらの人々と共に生き、それらの人々に生きる根拠をあたえたという説である。これは歴史上の資料があるわけではなく、反対論も多いようであるが、親鸞そのものの新しい姿を照らしだす、まったく新しい炎をそのなかにそなえているのである。

もちろんその炎というのはマルクスからきた炎なのであるが、私はマルクスが『経済学批判』の序言の終わりに何故に『神曲』のなかの言葉をもってきたりしたのかを、その炎について考えながら、同時に考えたわけなのである。「ここにいっさいの疑懼《ぎく》をすてなければならぬ、云々」は「地獄篇」第三歌の言葉であるが、何故マルクスはダンテのこのような言葉を採用したりしたのだろうか。それはもちろん比喩のためと考えてよいわけであるが、私はマルクスがダンテのたたかいとその長い追放生活をよく知っていて、それを採用したと考えるのである。巨大なマルクスもまたダンテと同じようにたたかい、ついに三十年を越える追放生活をしなければならなかったわけなのだ。それは比喩であるだけではなく、マルクスの生活そのものにつながる強い実感にささえられているのである。

そして私の目は同じようにたたかい、三十五歳で越後に流刑にされて、以後死ぬまで追放生活を送った親鸞に向け直されていった。この時、念仏者に対する国家の弾圧がはげしく、師法然は土佐に流され、四人の友人は死刑に処せられたのだ。『教行信証』の後書きにはこの時の事情が明らかにされていて、はげしい怒りが国家権力に向けられている。

親鸞は後に流罪をゆるされるが、法然のようには京都に帰ることなく、自分から国家の外へと身を置き、罪人たちや罪深い人たちのもとに積極的に身を寄せるのである。彼はその後、生涯念仏者を罪におとした国家の外へ自分から自分を追放し、国家の内へ帰ることはなかったのである。愚禿の禿というのはその決意を示したものなのである。

ポオル・ヴァレリーが『ゲーテ頌』を書いた時、まず最初にそのおどろくべき長生をほめたたえているが、親鸞はそのゲーテよりもなお長生で、この時代にあってはまったく類を見ないのだが、九十歳まで生きてその思想を深めている。しかし、もし親鸞が九十歳まで生きることがなかったら、彼の思想はついに確立することはなかったにちがいない。親鸞は五十歳を越える年まで、ほとんど自分の著作をすすめることがなかったのである。彼はただただ文字どおり罪人たちと、また戦争で心身ともに傷ついた人々と生きるのに力と時を費したからである。

もちろん彼もまた戦乱のなかで悪にそまり、罪におちる自分自身をよく知りつくしていたのである。

その末法期の戦争を見る目は晩年になるにしたがって、いよいよ透徹していく。私はこの親鸞の名前の上にも巨大なという形容詞をつけなければならないと思うが、親鸞こそは巨大な戦後派なのである。その主著『教行信証』は漢文を使って書かれているが、晩年にいたってその漢文を捨て、日本の庶民の言葉を採用し、彼はそこに自分の最深の思想を展開する方法をついに見出すのである。

「青年の環」について

「青年の環」五部作、四巻と言われていた、私のこの長篇小説作品が、いまや、「青年の環」六部作、五巻となったことを私はいま、ここで明らかにしなければならないのである。

近くこの四巻目、第五部が出る前に、このことを明らかにするのは、著者としての私の義務であって、私はこの長い作品の読者の人々に私がその義務を負っていること、それを痛く感じていることをまず、告げたいと思う。とはいえ、私がここに書きしるすことは、決して作品がのびて長くなったこと、それゆえに、その完結が少し先に延長されるようになったことの弁明ではない。著者には、決してそのような弁明をすることは許されていないし、またその権利は彼のもとには属してはいないのである。

作品はのびるべくしてのびたのであって、その完結がそれゆえに少し先に延期されることとなったのは、作品そのものがその展開にあたって必然的にその内部からひき起したことであり、それはいうならば著者としての私の力をとび越えている問題なのである。一たび、作中人物が形づくられるや、それはもはや、作者の自由にはならず、一人歩きをして、作者はそれの後を追うほかにはないという意味のことを、バルザックは言っている。しかし私は作中人物のことについてではなく、文学作品について、それが作家の自由にはならないものであって、作品は作品自体が自己を展開して、その終末にいたるものであり、作家はそれが終りに到達するのを待つほかにはないと、言いたいのである。そして「青年の環」はそのようにして今、終末に到達しようとしているのだが、しかし作者の私はなおしばらく、その終着点に行きつくのを待たなければならないわけなのである。

もっとも私は自身の作品について、その完結前にこのようなことを書こうとは、考えていなかったのだが、私がこのようなことを書く気持をかためることになったのは、コンラッドのせいなのである。コンラッドはその自分の長篇に、前書きや、序文のようなものをよくつけているが、彼の作家としての名前は、ここ十年の間、ずっと昇りづめであって、いささかも落ちる気配はない。そして私がこのコンラッドの名前を気にするようになったのは、かなり前のことであって、それはもっぱらサルトルのおかげなのである。サルトルは「フランソワ・モーリアック氏と自由」のなかで、モーリアックの小説をおとしめるのに力を入れ、それに反してコンラッドの小説を非常にもちあげて言っているのである。

とはいえ、私は決してコンラッドがその「ロード・ジム」の前に、作者のノートを書いたようにして、この文章を書こうというのではない。私はずっと中絶していたこの作品を手元に引きよせ、再びこれをはじめるにあたって、それを分解しつくし、そして再構築の図を精密に引いたのである。そして作品はそれ以来、その歩みを歩みつづけているのであって、途中でとどまったり、またそこに重大な内的な変更ともいうべきものがあったわけではないのである。

私の長篇はいうならば、一定の調子を保ちつづけて最後に置かれている一つの山頂をのぼりつめ、それを下りて来て、いま、もう一つの山頂めがけて、のぼろうとしているところである。それは私の右手と右手の指が、時々硬く筋張って書こうとする字が原稿用紙の上で、形をくずしてしまうような状態に時々おちこむのにくらべると、決して悪いとは言えない条件に置かれているといってよい。とはいえ、私の手と指は疲れていることは事実であって、私はそれを否定することは出来ない。私は日に、三、四度は右腕の根元から、五本の指に、特にペンを握る親指と人差指にトクホン・ダッシュを念入りにふりかけ、指が柔らかく自由をとり返すのを待って、書かなければならないのである。

それは昨年の秋ころから私の手に突然やってきたのだが、私はそのために、使っている万年筆を取りかえるため、街に出かけなければならなかった。私の使っていた万年筆の軸はそれほど細いということはなく、むしろ太いほうだといってよかったが、それでも万年筆を握る私の指は紙の上でふるえつづけ、私は自分の頭のなかに、次々と生まれてくるものを、紙の上に光のように置くことが出来ないのを、恐れなければならなくなったのである。

私は太い万年筆を売っている店をさがしあて、一本だけ残っていた、特別に太いものを買って来て、それから、私の毎日、日課のように、朝の十時から始まる、書く仕事は、はかどるようになって来た。とはいえ、私の長篇の完結が延びるようになったのは、決して私のこのような指のせいではない。たしかに私は、自分の右手とその指を大事にしていて、右手で重いものをもったり、運んだりすることはしないし、またひとが突き当って来たりする時、私はその右手をひとりでにかばっている。そして私はソレルスの「ドラマ」に強くひかれ、それを読みつづけながら、どうしてソレルスは小説を書くという行為について、そのなか深くはいりながら、この指のことをあまり書かないのだろうかと、不思議に思ったりしたのである。

ソレルスは手については、しばしば書いているが、指については、私が疑問を抱かずにはいられないほど、少ししか書かないのである。「……耳を傾けながら、自分のために〈空〉という単語を発音しながら、というよりはむしろ〈僕の孤独は今や空にまでふれている〉と口に出して言いながら、僕は窓のそばで、屋根のうえを眺めている自分を見出していた。（大気の青の下に混ぜこまれた黄と赤。）僕はこの文章の作者ではなかった、僕はその空虚な誇張に心を奪われている自分を見ていた、そのくせ別のもうひとつの文章が、遠くで、それにとってかわることもできるのだった、僕はその文章を発見する可能性を感じていた。（このように、ひとつひとつの単語は、それ自体に固有の周囲のなかにあるのだ）。その間、街は陥没して平らにならされるように思われた——部屋は一層涼しくなっていた——後退と忘却が起り、それがますます強くなるのだった……　そして突然、そっと現在への移行。僕の指は、限りない混沌を通してなされる同化作用の最後の段階になる。皮膚と紙の単純な接触（ふれるかふれないか）が、地下の混然とした物語から出、——結局、融合、試行錯誤、移植、——そうして一本の線にまとまる。どの対象物にも、どのあらわれにも、どの思考にも、存在しないその線がある……　そして君の裸の脚や目が、通りすがりに僕のために見つけだすのはその線だ……君のこぶし、君の手は、余白の縁にあるその線の破壊しえない存在と結びつけられているが、僕たちがしばらくのあいだ姿をあらわすのはその余白からなのだ（人生）。」（岩崎力訳）

とはいえ、ソレルスから言葉と指の関係を求めようというのは、おかどちがいなのである。ソレルスの言葉は指から出るというよりも、むしろ、この地下の物語から、見出されるものであるからである。しかし私にはこの指と言葉の関係を見ることがかなり重要なのである。しかしだからといって、私は自分の指が自由にならない時間が、一日になにほどか、出来てきたからといって、それを、自分の長篇の完結がのびたことの理由だと考えるなどということは出来はしないし、事実、そのようなことはないわけなのだ。

そしてまた私はこの長篇を書きすすめながら、サルトルの想像力論を媒介にして想像力をめぐる問題を解決しなければならなかった。たしかに、この仕事には時間が必要であって、それは私が予想していたよりもはるかに多く時間を私からとって行った。私は勝手のちがった哲学書のなかに、長時間、ふみとどまり、その同じ何行かを、何度か読み直して、そしてようやく次の頁にすすむというような、読み方をしなければならなかったのである。そして私は日本の哲学書（といっても外国の哲学書の翻訳のことをいっているのだが）が、いかに読みにくいものであるかを、痛感させられたのだ。その上、困ったことに、ヘーゲルなどという哲学者の書物に、いまだに完訳されていないものがあるのである。これはたしかに驚くべきことであって、またさらにあきれはてなければならないことだった。とはいえ、やはり私は、この最近、「サルトル論」（小説論と想像力論）という表題の下に出した書物の仕事の故に、私の長篇の完結がおくれたなどとも考えることは出来ないのである。

この「サルトル論」は、私が「青年の環」を完結するために、どうしても必要な仕事だったのであって、私はこの仕事をはたすことなくしては、私の長篇を完結させることは、むしろ不可能だったにちがいないのである。私はこのエッセーでもちろん虚構の世界をつくり出すと考えられる想像力のなかに、サルトルの「想像力」と「想像力の問題」に触れることによって、はいって行ったのであるが、私のなかに最後まで残されることとなったのは小説の全体とは何かという問題だったのだ。小説のはじまりから、終りまで、そしてそのなかにいろいろな作中人物がはいっており、さらに作中人物の置かれているさまざまな状況が同じように入れられている小説の全体である。

想像力の問題もまた「青年の環」という一つの現実世界ならざる現実世界を言葉と文章をもってつくりあげるなかで、私のうちに大きくふくれ上って来た問題だったが、何故か私にはこの問題を解いて行くめどがついているように最初から思えていた。とはいえ、私はこの問題にとりくみながら、多くの人にこの問題を提出し、私の疑問とするところを、問いただしたのである。しかし小説の全体とは何かという問題については、ついに私は誰一人にも私の疑問とするところを問いただすということはしなかった。小説の全体をどう考えるかということ、このことを問題として提出する仕方を、私は最初見出すことが出来なかったのである。とはいえ、実際には長篇「青年の環」は、次第にその終りのほうへと近づいて行き、私は私の小説の全体というものについて、考えることをやめることは出来ないのである。

私の傍には小説の全体を持つことなく、未完のままで残されているサルトルの「自由への道」があり、また私自身の未完のまま残されている「時計の眼」や「地の翼」などが、その横に置かれることとなった。私は夏目漱石の「明暗」、島崎藤村の「夜明け前」、大岡昇平の「酸素」、武田泰淳の「快楽」なども、静かに呼びよせて来たし、またトルストイの「戦争と平和」、ドストエフスキーの「カラマーゾフの兄弟」、プルーストの「失われた時を求めて」、ショーロホフの「静かなドン」、ジョイスの「ユリシーズ」、さらにまた小林多喜二の「転形期の人々」、久保栄の「火山灰地」などに、そこに近寄って来てくれるようにとたのんだのである。そして私は小説作品の全体が、虚の世界と磁場の世界の統一されたものであるというところに行きついたのである。虚の世界というのは、小説作品がすすめられている時、その原稿用紙のいまだ言葉をもって埋められていない空白のところに見えている世界のことであり、磁場の世界というのは、原稿用紙のすでに言葉をもって埋められ、そこにいろいろの人物と人物の置かれているさまざまな状況が置かれているところに見えている世界のことである。この空白のところに見えている虚の世界のなかで、想像力によって作家の頭のなかに生みだされるイマージュは、自由に動くのであって、それゆえにこの空白の虚の世界は、また構想の虚の世界といってもよいのだが、小説作品の全体は決してこの構想の虚の世界によって成立っているのでないことは明らかなのである。それは全然空白の世界であって、そこにはただ構想のなかに生きるいろいろのイマージュ、人物や事物の姿が自由に動いているだけなのである。その構想の世界は想像力によって結ばれたイマージュに近づき、それを言葉をもって把握し、次々と原稿用紙が埋められて行くそこのところに磁場の世界というべきものが生まれて来るのである。

私が言葉によって埋められている世界を磁場の世界というふうによんだのは、その世界が空白の虚の世界とはちがって、虚の世界のなかに動いているイマージュが、サルトルのいうように物質としての形と音とをそなえ、物質ならざる意味をもった言葉によって把握されてそこに置かれ、そのようにしてとらえられたいろいろの人物と事物とその人物の取巻かれているさまざまの状況が、相互に引き合い、斥け合いする磁場のようなものが形成されている世界だからである。とはいえ、もちろんこの磁場というべきものは、実際に磁力が生みだす磁場のように実在するものではないのであって、その意味では現実の磁場とは異なるとはいえ、このようなものは空白の虚の世界には決して見出すことは出来ないのである。

小説の全体を考えようとして、私は最初もっぱらすでに実現されている小説作品の世界、すでに言葉でもって埋めつくされてしまっている世界、つまりこの磁場の世界だけを考えつづけて、そのためについに小説の全体というものの内容に近づくことが出来なくなってしまったのである。私は当然考えられなければならない、その原稿用紙の空白の部分に眼を向けることをしなかったわけなのだ。小説の全体はこの磁場の世界と虚の世界の統一されたものであり、すでに実現されて言葉の埋めつくされている作品全体にも、まだ、依然として空白の虚の世界のうちにあったもの、つまり構想として動いていたイマージュを生みだす想像力が生きて働きつづけているのである。原稿用紙は埋めつくされているといっても、そこには、行と行の間に、また一字一字の言葉と言葉の間に、空白があるわけであり、そこに空白の虚の世界は、残されているのである。

私は小説の全体についての問いを問いつづけ、その問いに支えられるようにして、「青年の環」を書きつないで行ったのである。そしていま、私に残されているのは、この小説の最後にもう一つ置かれている山頂をのぼりつめ、ゆっくりと降りてきて、この小説の全体を、まさに小説の全体として置くということである。小説は予定されていたより少し長くなり、多分七千枚になると考えられるが、私の手と指はもちろんこの小説の全体を置きおわって、それから、離れる時、その内に訪れるふるえからもすぐに離れることが出来るにちがいない。

現代文明の危機

昨年、いくつかの新聞、雑誌にも報道されたが、アメリカの第一級の位置をしめる分子生物学者十一名（そのなかにはＤＮＡの発見者のワトソンの名も見える）が遺伝子ＤＮＡ分子の組み替えの実験のうち、大事にいたる可能性のある二種類のものを自発的に中止するよう、全世界の科学者に要請するための手紙を送ったことを私は知った。この実験が人類に不幸な事態をもたらす恐れのあることを考慮してのことと考えられる。

私はこの問題について、はたして日本の自然科学者は、この要請の手紙をどのように受け取っているか、また、これにたいしてどのような態度をとるかについて、日本のすぐれた遺伝学者、分子生物学者の研究室を訪れ意見を問いただした。その要請の手紙について日本で論じられはじめた時のことである。

もっとも私自身は、その要請の手紙のコピーを読み、私自身の判断のもとに、友人の編集している地方の文学雑誌に、特にこの問題をえらび、それについて私の考えるところを書いて送った。問題がライフサイエンスをめぐるもので、しかも非常に重大と思えたからである。一九六〇年代の後半に大きな発展をとげ、生物の生命と環境の相互作用についてかなりのところまで解明することに成功した分子生物学を中心とする生物学者たちは、環境破壊・汚染を極度におしすすめてきた現代文明の破産を大胆に宣告し、人類の生存の危機について警告を発したのだが、いまや、その当の分子生物学の実験そのものが、この人類の生存の危機をもたらす大きな要因になりかねない恐るべきものをその内にかかえていることが明らかになってきた。私はおおよそ、このように書いたのである。私は、私なりに私の能力の及ぶ限り考え抜いたのである。

私は、いまこの短い紙面のなかで、その後、私の考えてきたところと、その結論を十分にたどり提示することなど出来ない。その実験中止の要請の手紙のなかで示されている、大きな「危険の可能性」のある実験についても、その一つ一つに触れて説明することも不可能である。

しかしその実験のはらんでいる「危険の可能性」についてもっとも理解しやすいと思えるものを、一つだけあげよう。それはタイプⅡの実験といわれ、次のように書かれている。「(タイプⅡ)腫瘍ウイルス(注＝ガン・ウイルスのこと)または動物ウイルスのＤＮＡ全体あるいはＤＮＡ断片を、細菌プラスミドまたはウイルスＤＮＡと結合して増殖性のあるＤＮＡ分子を新しく作る実験。この組み替えＤＮＡ分子は、人間や他の生物中の細菌集団にひろまって、ガンあるいは他の病気を増加させる可能性がある」。

最近切断酵素を使ってＤＮＡの連鎖を切って、そのあとに細菌中のプラスミドと呼ばれる遺伝因子のＤＮＡの切断されたものを連接酵素によってはめ込み連接したり、他のウイルスのＤＮＡをはめ込み連接して、増殖性のあるＤＮＡ分子を作る実験が、行われてきているのであるが、この実験によって生みだされた増殖性のあるＤＮＡ分子が実験室から、他のところに逃げだし、あるいは運びだされ、あるいはまたその廃棄物の処理が不十分であるなどのためひろがることがあれば、取り返しのつかないような大事にいたることも考えられる。殊に日本ではこのウイルスの実験の場合、廃棄物の処理の設備はいたって不十分であって、この種の実験が日本のうちで、ひそかにすすめられているようなことがあればと考えると、不安は増してくる。

タイプⅡの実験だけにしか触れられなかったが、アメリカの科学者の実験中止を求める手紙の運んできた問題については、磯野直秀氏が『遺伝工学的実験の禁止』という文章（「技術と人間」十二月号、一九七四年）のなかで論じ、この手紙の要請文は次の二点できわめて重要であると述べている。「第一には、実験の禁止（注＝中止）を考慮しなければならぬ段階にまで、生物科学（ライフサイエンス）のある分野が発展したこと、第二には、人体実験の禁止は別として、科学者の集団が史上はじめて研究の自発的中止を呼びかけたことである」。

そしてさらに言っている。これは「日本では、一般はもとより、科学者とくに生物学者のあいだでも、この呼びかけは大きな関心を引いていないようだが、遺伝子をかなり自由に扱える段階、いわゆる遺伝子工学の入り口に到達したということは、原子力の秘密を手に入れた時と同等、あるいはそれ以上の大きい問題であり、軽く見逃すわけにはいかない」。磯野氏はこのように考え、これを生物汚染の問題としてとらえようとするのである。

もっとも私の考えるところは、この磯野直秀氏の考えにすべて重なり合うなどというものではない。しかし「危険の可能性」とそこでいわれているもののうちに、重大なものがひそんでいると考える点では、それほどちがいはない。私はあと二、三人の自然科学者の研究室を訪ねて、私の最終的な結論ともいうべきものを出そうと考えているが、ここではこれ以上、この問題にはいることなく、私がこれまでに、現代文明の危機、あるいは環境破壊・汚染によりもたらされる人類生存の危機という言葉を用いて提出してきたところ、さらにその根底深くに横たわるもののところまではいりたい。もちろんこの現代文明の危機のうちには、いまとりあげた、ライフサイエンスの直面している重大な問題も、ふくみ込まれるものと考えていなければならないと私は思う。

昨年六月末から七月初めにかけて開かれた、日本アラブ文化連帯会議のシンポジウムのテーマの第一に私は現代文明の危機という項目をかかげておいた。この現代文明が置かれている危機に接近することによって、現代の世界の文学は、その在り様を大きく変えるところへと行きつくことになると私は考えていたのである。

現代文明の置かれている危機、人類生存の危機の上に立たされている人間を、精密にとらえるには、現代文明のはらんでいる中心問題である、この危機をもたらす現代社会の重層性を構成する一切のものに、現代文学がその眼を大きくひらくことなくして、その創造がすすめられることなど、ありえないと考えられる故である。

時代は、すでに〈新しい〉時代にはいっている。

人間を、そして人類をこれまでにない新しい眼をもって、とらえ直さなければならない時代を迎えているのである。このことについて私はすでに何度も書いてきた。地球がいまや、病んでいること、しかもその病は決して軽いものではないことは、いよいよ明らかになってきている。最初にこのことを明らかにしたのは、分子生物学者の切りひらいた生命理論の新しい展開である。パスツール研究所のジャック・モノーの『偶然と必然』（渡辺格、村上光彦訳、みすず書房刊）、同じくルヴォフの『生命の秩序』（松代愛三、下平正文訳、みすず書房刊）、ウオディントンの『生命の本質』（白土謙一、碓井益雄訳、岩波書店刊）『生命の物理』（現代物理学の基礎講座9）などによって、分子生物学による生命の分子の段階での把握の到達点とその方法とについて、おおよそのところ明らかにすることが出来る。

タンパク質を生みだす、遺伝情報をそなえたDNA（デオキシリボ核酸）とRNA（リボ核酸）と酵素などの生物の生命活動のもっとも基礎となる代謝関係ともいうべきものを分子生物学はつきとめた。そしてごく最近の二年間に多くの細菌のなかにDNA分子を排除する機構のあるのを見いだすところまで行きついている。さきに述べた実験は、この機構を利用してDNA分子の連鎖を切り、そこに他の動物その他のDNA分子を結びつけ、DNA雑種分子をつくりだすものなのである。

しかしいまこの文章によって私が提出しているのは、分子生物学による新しい生命理論の成立にともない、はじめて、あらわにされた、人間とそれをとりまく環境の問題である。いわゆる環境問題である。分子生物学によって生命の構造と機能が明らかにされ、同じ構造と機能をもった生命を次々と生みだし増殖を行う遺伝についての、闇につつまれていた事情が解明される。生命と環境の相互作用・関係も、つつまれていた神秘のなかからようやく引き出されてくる。そして環境破壊・汚染の問題が、人類生存の危機の問題として出されてくるのである。

ステント、モノー、デュボス、テイラー、バーネットなど分子生物学を中心として、生態学者、生化学者たち、現代生物学の代表的担い手らは、地球上の生態系を死滅にいたらせる、各自の属するヨーロッパ文明そのものを裁き、その底に環境破壊・汚染の重大な問題が横たわっていることを、世界に向かって訴えたのだ。

日本の文学者の一グループ、猪野謙二、大江健三郎、高橋和巳、寺田透と私たちは、この問題を前において、日本のすぐれた分子生物学者、原子物理学者、免疫学者、黴生物学者、社会科学者などと幾年もの間、討論をつづけてきた。問題は余りにも重大であった。しかも自然科学者による問題提起は、おうおうにして、支配の側にたくみに利用される恐れがある。

その上、そこには多くの理解困難な、文学者の手にあまる要素が入りくみ、結び合っていた。しかしこの問題を解くことなくしては、新しい時代にまっすぐ顔を向け、時代にかかわり、時代をこえ、新しい世紀をひらくことは出来ないという思いにうながされて、私たちは各自この問題にせまって行った。

高度成長政策によってもたらされた価値観の変質、文学・文化の余地をのこすことのない商品化による質の喪失、急激なインフレーションをともなった、日本全土の産業社会化による自然破壊の進行は、日本の文学・文化の創造と享受に埋めがたい深い亀裂を生じている。そしてそれは第四次中東戦争の進行するなかで、アラブ産油国の石油生産制限、石油価値の値上げその他によって、世界の資本主義国がその成立の根元を失うか否かを問われるほどの危機を迎え、人々の視野から消え去っていったようである。しかし問題は決して消滅したわけではなく、依然としてあり、この日本にもっとも集中的に深刻な姿をみせている。そして私たちは、この現代の生物学者の提出している現代文明の危機の問題のただなかに身を置くこととなったのである。

　地球上の生態系を激変させる現代文明の危機とは、すでによく知られるようになった核兵器・放射能の問題をふくむ環境破壊・汚染の問題、エネルギー資源の問題、食糧・人口の問題、この解決困難な三つの大きな問題を抱いている時代そのものの中心より現出している。とはいえ私はこの問題を、ローマ・クラブが提出した「成長の限界」の考えをもって解くことは、できないと考えてきている。それは長い間植民地にされてきた第三世界の国々、荒廃と貧困のなかにつきおとされ、現在も依然としてその跡形の深く刻み込まれている国土を現状のままにして固定化する、世界資本主義国の勝手きわまるというべきやり方である。この考えによって今日の南北問題を解決することなど到底できないからである。

　新しい南北問題の解決は第三世界の農業と工業の均衡のとれた発展をすすめるところに見いだすほかにはない。しかもそれは価値の多元の確認の問題の上に据えられなければならないのである。私は第三世界の人々の魂の求めるところを、第三世界のすぐれた文学作品を通じてとらえることが出来たと考えている。

　しかもすでに地球上にあって、そこだけが他から切り離されているような系などがないという状態が生まれてきた現在、人類生存の危機の問題を迎えているのである故、南北問題もこれまでとはまったく異なった視点からとらえられなければならないのである。そして現在世界資本主義国には前にふれたように重大なインフレーションの問題がある。これは従来と異なり、インフレーション下に不況を生じ資本主義体制の危機である。

現代文明の危機、人類生存の危機の問題は、このインフレーション下の不況・スタグフレーションの問題と重なり、一層重さをまして、人類史上最大ということのできる危機として現れている。このように危機が深まり、世界の資本主義が、ついにそこに崩壊する恐れが起こってくる時、これをファシズムによってきりぬけようとする動きが当然生まれる。しかしそれが真の解決にはならないことは過去が明らかにしている。

最近資源の問題について、資源は無限に近いと言い、その数字をかかげたりするものが出てきているが、ただ資源の量を数字をもって計量するのではどうにもならない。その資源利用と環境破壊の関係を抜きとって数字だけをかかげているからである。

とはいえ、私は決して悲観の底に沈み入っているわけではない。私は悲観もせず、もちろんまた楽観もしない。この問題のありかを精密にとらえ、新しい自然概念を確立し、極度に分裂した自然と人間の関係を調整して、人間の新しい生き方を見出し、それにふさわしい生産の構造、社会関係をつくりだすために、全力をつくさねばならないと考える。

人間をとりまく一切のもの、その全体にかかわるほかないと私の考える文学は、これまで幾度か人類の上に訪れた危機の時節の人間の生死を媒介にしてとらえ得たかと思えばただちに消え去る全体の姿を、自己のうちに成立させることによって、ようやくその正体をあらわしはじめた時代のうち深く身を沈め、時代を越えようと力をふりしぼる現代の人間を、社会のあらゆる層のなかに見出すところへと、近づいているのである。しかし、これは新しい時代を迎える文学の出発点にすぎない。

現代と『歎異抄』

現代が大転換の時代であることについては、もはや眼をふさぐことはできないのではないだろうか。私は現代という時代を病める地球の時代と呼んでいるが、それは人間をとりまく環境・自然、それらが余りにも短い期間のうちに大きく激変し、人間はその激変する地球全体に応じ切れなくなってきているると考えられるからである。もっともこの地球の激変をもたらしたものは、主として人間であって、その人間のつくりだした科学・技術・現代文明なのである。

人間は第二次大戦によってすすめられた大工業生産により、地球上の有限な資源を掘りすすめ、石油資源はあと二十年程度でほぼなくなると考えられている。しかもそれに代るべき、有害ではない、安全な、クリーン・エネルギーといわれるものの開発（自然力によるエネルギー、太陽エネルギーその他）には、三十年を越える年月が必要であるという見透しが、ごく最近原子物理学者によって出されている。これはじつに人類の前に突如現出した大きな深淵であるといえる。この深淵をはたして人類は渡りきれるだろうか。またこの深淵の底に沈められている難問をさぐりだし、それを解ききることができるだろうか。

私はこのような人類が直面している難局は、人類のつくりだした現代文明によってもたらされたものである故に、現代文明の危機とよんでいるが、現代文明の危機のなかに人間はおかれているのである。石油資源が無となった後にはたして、人類はいかなるエネルギーを用いることが可能となるであろうか。太陽エネルギー（自然力）を実用化するには、三十年よりもさらに長い年月が必要なのである。このようなエネルギー危機は現代文明の危機の一つである。

現代文明の危機とは何か。すでに私はこれについては、他のところにも書いてきたが、できる限り簡略に書こう。現代文明の危機は三本の根幹より成っていると考えられる。

その第一は、核戦争・核兵器・核実験・核産業をそのシンボルとする現代の大工業生産の巨大な進展によって生み出されてくる環境破壊・汚染・公害の問題である。核戦争の危機は米国、ソ連邦二大核軍事大国の核兵器軍備拡大競争により、緊迫している。

その第二は、エネルギー資源の問題である。地球上の資源は有限であるという問題である。この問題でもっとも重大なのは、エネルギー資源の問題である。エネルギー資源の現在の中心は石油であるが、石油資源は年々発見されて増えているとはいえ、人間一人の一年間の石油エネルギーの必要量をみるとき、資源の発見の量よりも人口の増加の方の割合が多く、したがって石油資源は、おおよそ後二十年程度でなくなることが明らかになってきている。省エネルギーが言われる理由である。しかし他の資源もまた有限であることを考える必要がある。

しかもこの二十年の限度年が近づくにつれて、現在省エネルギーが行われ、石油消費が以前より、減ってきているとはいえ、石油産油国は石油生産を手控え、またその値上げをしてくることが考えられる。カーター・アメリカ大統領は一九八五年エネルギー危機を想定している。原子力発電所によるエネルギーの問題などをめぐって、省エネルギーをカーター声明はアメリカ国民にうったえているのである。とはいえ、このカーター声明はエネルギーの問題にのみ発しているのではない。カーター声明はエネルギー資源の問題が、環境問題、軍事兵器などの問題とかたく結びついていることを示している。

原子力発電所、再処理施設、原子力兵器工場などについてのこれまでの政策を根本的に変更しようというカーター声明は、従来の原子力発電方式によって生じるプルトニウムによる核拡散の危険を強調しているが、これは軍事的危険と同時にプルトニウム汚染の危険にかんして、アメリカで大きな問題となっていることを示していると考えられる。もちろんここには、大国による核独占の考えがひめられている。しかし日本のエネルギー政策がいかに貧弱なものであるかは、このカーター声明によって、大ゆれにゆれつづけているところに、明らかに見てとれる。カーター声明は原子力発電再処理施設についての問い直しのところに立って、サンシャイン（太陽熱、風力、波力、潮汐の干満その他などを利用するエネルギー）開発計画へ一気に向かおうとするコースを提出しているが、日本のサンシャイン計画はいたって小規模のものであって、日本のエネルギー問題の未来は、閉ざされたままであるとさえいうべきなのである。また資源はといえば、前にも書いたように、エネルギー資源に限らず、他の資源も有限なのである。

その第三は食糧問題である。食糧問題は現在の農村があらゆる点からみて都市の下におかれている限り、解決はできないと考えてよい。毎年食糧不足で餓死者が多数、南で出ているが、これは決して今後は南に限ったこととは考えられない。日本なども、現在の貿易を中心とした産業構造をそなえている限り、いつなんどき、食糧危機に見舞われないとは限らないのである。食糧は各国で自給できる、また地球の各地域で自給できる、備蓄できるというようにすべきである。この問題は農業・漁業問題であり、人口問題であり、新しい南北問題であり、また栄養問題・気象問題なのである。

人口増加が現在のままですすむとすれば、後三十年では確実に地球上の人口は二倍になる。その食糧を誰が確保しうるのか。しかしこの食糧問題についてはここではこれ以上、ふれるのをひかえよう。以上の三つの根幹をもつ、互いに緊密に結びあい、重なり合い、きりはなしがたい、解決困難な問題が人類の前に置かれており、これを解決することなくしては人類はその未来を切りひらくことができないところに置かれているのである。

エネルギー危機の問題のところでみたように、その解決はきわめて、むつかしい。現在の人工核分裂を起すことによって発電する原子力発電は、その一粒が附着するだけでガンを誘発する確率があるとされるプルトニウムをつくりだすのである。原子力発電の建設にたいして反対する住民運動が、アメリカ・西ドイツ・フランス・日本などの各国、各地で起っているが、当然のことである。またプルトニウムは核兵器製作の要件であって、この拡散の危険性はようやく、論議にのぼってきているが、私は仏教徒ももちろんこれらの問題を自身の問題としてとりあげ、この解決に加わる力をもたなければならないと考えている。

すでに少しふれておいたが、今日のこのような現代文明の危機のなかに人類が置かれているその原因は、第二次世界大戦をすすめるにあたって行われた大工業生産のところにあると考えられる。この大工業生産によって人間は自然を自己に都合のよいように加工し、そこに人工環境をつくり出したのである。しかもその人工環境は、大工業生産の激しい進行のなかで、さらに大きな変化をとげ、また自然の破壊をもたらし、人間の生活をおびやかすこととなるのである。国境を越えることの重要性は、じつに大きいが、その実現は絶望に近いとも考えられる。

しかしこのような現代文明の危機を招来した根拠は、ヨーロッパ近代のところにある。ヨーロッパ近代合理主義がそれである。ヨーロッパ近代の生みだした文明・文化は、今日の現代文明のただなかに人間を導き入れることとなった。では、この近代ヨーロッパ合理主義を徹底的に批判し、それに代り、積極的にこの危機を越える文化創造が日本に可能であろうか。この人間中心主義のヨーロッパ近代合理主義の破産を徹底的につきつめ、その近代を媒介にして近代をこえるとき、はじめて現代文明の危機をのりこえることができると私は考えてきた。

私はそこのところに仏教思考の重要なことを、見出すのであるが、しかし仏教が、旧来のままで、ただちにヨーロッパ近代の破産の穴の埋めたてをすることが可能であるとは考えてはいない。とはいえ私はいま、そこのところへははいることなく、今日の人類の前に、また日本人の前にある問題の解決困難なことを考え、ちょうど、いまという時代が、親鸞の生きなければならなかった末法の時代と重なり合っているのを感じとるのである。

末法の時代とは、正確には正像末の時代であって、釈尊がなくなり、千五百年あるいは二千年後、この釈尊のはじめた仏法の滅亡する時代にはいるといわれる。それは日本では栄華をきわめた藤原頼通の時にあたっていた。その時より日本は末法の時代にはいったのである。そして親鸞はこの末法の世のいよいよ深まるなかに生き、仏法の滅亡へと落ちていく末法意識を、つねにするどく磨くことによって生きつづけたのである。

私は最近『歎異抄』を読みながら、『歎異抄』が書かれたのはちょうど今日のような時期であったのではないかと考えるが、『歎異抄』にいわれている異義の生まれる根拠をさぐって行くとき、そこに少し前の高度成長の時期のような泰平の時代によってくもらされた人々の眼を見出さざるを得ないからである。泰平によってくもった眼には、戦争と末法のなかに置かれた人間を、常に見つめている親鸞の姿は正しく映りはしないのである。親鸞の教えは、いつの間にか変形され、そこに許すことのできない異義が生まれることとなるのである。『歎異抄』は、一切のものを変容させていく泰平のなかでゆがめられた親鸞の教えを、親鸞そのものに帰ることによって正そうとした書物であるが、親鸞にかえるということは、戦争と末法の世のただなかに置かれた人間を見つめ、一切のことをそこから考えつくす親鸞を、自分の傍に、すぐそばに置くということ、自分がたえず歩みをともにし、つきしたがった親鸞の傍に自分を置くということなのである。親鸞につねにつきそって親鸞とともに生きた『歎異抄』の著者には、泰平のなかで変質させられて、安易な信心におちている念仏門のなかのさまざまな誤まりを指摘し、一つ一つ親鸞にてらして、正さなければ、真の信心・思想はついに失われるほかないと、なげかれたにちがいない。

親鸞の生きた時代は戦乱つづきの時代であるが、その源氏・平家の争う戦乱も、承久の乱によってようやくおわりをつげることとなる。この時親鸞は四十九歳である。私はこの承久の乱の終った日と、太平洋戦争の敗戦の日、八月十五日とを、重ね合わせて考えるのであるが、親鸞は年四十九歳にして「戦後」を経験するわけなのである。戦乱のなかにあって、親鸞はほとんど著作をすることができなかったのだが、承久の乱後、間もなく『教行信証』にとりかかっている。私は『教行信証』は親鸞の戦争体験と末法意識の支えによって書きすすめられた大作だと考えており、この作品のなかには、戦争と末法のただなかにおかれた人間を見つめる眼が、終末意識の深みにおいて大きく開いていると考えている。『教行信証』は戦後にあって、戦争と末法の世を真正面から受けとめる思想の大きな展開そのものなのである。

承久の乱はじつに短い日時のうちに終わるわけで、私は決してこの承久の乱そのものを、満州事変にはじまり太平洋戦争にいたる十五年戦争といわれるものと、比べようというのではない。私はこの承久の乱をもって終る源氏・平家の長い戦いと、この十五年戦争を対比し、この大戦争につながる高度成長によってあらわになる現代文明の危機の時代と、長い戦乱につながる藤原道長・頼通の栄華のなかではじまる末法の世のなかにあって悪戦苦闘をつづけた親鸞の時代とを重ね合わせて考えようというのである。

貴族が滅び、武家が興《おこ》る大きな変革の時代であって、しかも同時に末法の世である時代に、親鸞は戦争を見、仏法がすたれ衰えて行き、大きな悪を犯しつづける人間を見た。そして親鸞は戦争を行う権力を持った人たちの反対側に自分が立ち、人間生死の根源をつきとめようと全力をつくすのである。それまで自分が比叡山で修業した学問の一切が、すべて力をもたず、無効であることをこの時親鸞は知りつくすのである。

親鸞は『高僧和讃』のなかで、自分の専修念仏《せんじゅねんぶつ》の教えが、源信、法然をうけつぐものであることを明らかにしているが、源信、法然いずれも、貴族社会の崩壊するのを眼にしてきた人たちであり、それだけでなく仏法そのものの滅びる鋭い末法意識、終末意識の持ち主たちである。しかし、その末法意識は、源信よりもさらに法然において、法然よりもさらに親鸞においてという風に、一層深められ、それが親鸞においてきわまるのは理由のあることなのである。源信も法然も、ともに戦乱のなかに生きたのである。そして戦争は、このいずれにも大きい影響を与えている。源信の『往生要集』は、その無常感を深く出している。また法然の無常感も同じように深い。しかし、源信の無常感になお鋭さがないのは、私は源信に支配権力を握るものに対する、一定の強い態度と仏法の滅ぶという強烈な意識の統一がないところからきていると考えるのである。

法然、親鸞はいずれも念仏者の弾圧によって配流《はいる》の罪におとされ、そのなかで思想と権力との問題について、体験をもってぶつかっているのである。法然、親鸞の念仏に徹する考えの底には、さらに戦争を考えつくして、戦争を行うものに対する、一定のはっきりとした戦闘的といってもよい態度を定めたものの思想というものがあると私は考える。しかし、法然は鎌倉幕府が成立したとはいえ、なお戦乱のおさまりきらない時になくなったわけで、ついに戦後に生きることがなかったのである。

しかし、親鸞はその半生を戦争のなかに生きたとはいえ、四十九歳の時から戦後に生き、戦争の体験そのものに徹してしかも戦争そのものから、人間を解きはなつ時代の課題を、自分の前に置かなければならなかった。同じように末法の世のなかに沈み切って、いかにして末法の世から自分を解《と》きはなつか、この問題に戦後において向かった親鸞は、法然とはちがってまったく積極的に、人間のすべてを見ようとする。その罪と悪を犯しつづけなければならない人間のすべてを、ありのままにみつめ、そこから出発しようとする。そして念仏をもって、その人間と如来の本願とをつなぐことの可能性をさぐりつづけるのである。そこに親鸞の法然において見られることのない戦闘的ともいえる終末思想がある。現実は末法の世の現実であって、汚濁しきっている。人間そのものもまた、罪と悪をはなれること難い人間である。その人間を、改めて問いつめ、その上に立って、その人間がとうてい達することのできない彼岸に、人類的〈彼岸〉に念仏によってつなごうと全力をつくすのである。

しかし、このような戦争をくぐりぬけた親鸞の教えは、戦乱が一応おさまり、さらに蒙古の襲来をしりぞけて泰平がもたらされると、次第にあやまって伝えられることとなる。人々の眼はくもり、人々は戦争のなかにあった人間からはなれて、末法の世がなおつづいていることを忘れ去り、ただ日々の小さい生活につながれ、ついにはその生活に思想を従属させることとなる。『歎異抄』の著者は、そのようなまちがった考えが流布されるのを見、聞くにいたって、ついにだまっていることはできなくなったのである。そしてかれは、戦争と末法の世のなかにおかれた人間を、ありのままにじっと見ることによって、ほんとうに思想を人間のものにした親鸞から、遠くはなれてしまった人たちの大きな誤まり、それをただすために、ただ親鸞にかえることを主張し、真実の親鸞の像を人々の前に刻んで置いたのである。

その親鸞は戦争をくぐりぬけ、その戦争をくぐりぬけた体験をあくまでも内にたもって、戦後を切り開き、末法の世をついにくぐりぬける親鸞である。このような成りたちをした『歎異抄』である故に、それは今日の日本人の心に、深くはいってくるのである。

きびしく迫ってくる現代文明の危機を前にして、人々はようやく高度成長期の日本の泰平ムードから脱け出ようとしているが、なお多くの人々の眼は人工の幕でおおわれているといってよい。『歎異抄』のモチーフは、泰平のなかで戦争と末法の世をくぐりぬけた自分自身をはなれて、日常のなかに埋没した人々の心に怒りを発し、火を噴いているともいえるが、しかもいたって静かな心を同時に保っている親鸞の姿を、人々の眼の前に明らかにしている。それ故に、今日の日本を媒介にして『歎異抄』を通って親鸞のなかにはいるのも、また『歎異抄』を通って親鸞のなかにはいり、それによって今日に徹するのも、なお今日の多くの人々には困難だろうが、今日『歎異抄』を読むということになれば、戦後三十何年かをへた今日の日本の直面する大きな問題を見定め、人類の置かれている大きな危機の時代、世界の大転換期の課題にせまらなければ、『歎異抄』の著者の心をみいだすということはできないだろう。

『子午線の祀り』讃

潮足《あし》というものを、『平家物語』とはちがう角度からもう一度とらえ直すというところに、このドラマの非常に大きな構想と新しい視点とが据えられていると思います。ドラマに大海というか、あるいは天空というか、そういうものが現われている。つまり、太陽と月の相互のかかわりを通して、潮をとらえる。こういう視点は、『平家物語』にはない。ほとんど月だけだろうと思います。月が地球の周囲をまわっていて、それと太陽とのかかわりによって、潮の満ち干が決定されるわけですが、それを天の子午線から見るというところに、このドラマの大きな変ぼう、そのじつに新しい形が生まれている。小半刻——ほぼ一時間で海の潮が変わる。それが戦いの命運を決するということは、人力を超えたところでそれが決定されていくということですが、同時に潮の変わり目をよむという行為がそこにはたらいている。その意味では、人力にも左右されながら、人力を超えたところで雌雄が決せられるということで、これは単なる運命ではない。もっと宇宙的な響きがある。その宇宙的規模の響き合いを知りつくして、最後に知盛は海に沈んでゆくわけです。

ギリシャ悲劇における運命という問題に非常に近い問題が提起されながら、しかも序詞に書かれているように、『平家物語』の時代と現代のひとりひとりの「あなた」が、大きな宇宙の流れのなかで、同時代のようにとらえられているとも言える。したがって、この戯曲の中軸を貫いているのは、やはり現代の問題です。現代の人間たちが宇宙や自然に向かって、いろいろな戦いを挑んでいる。あるいは太平洋戦争およびその以後のさまざまな戦争がある。そういう時代と戦争とをともに睨みながら、目に据えながら、木下順二は戦争責任の問題をずっと追究しつづけている。その問題を捨てずに、しかも大きく一歩ふみ出した。もう一つ深いところで戦争をよんでいこうというところにまで木下さんが踏みこんでいるという感じを私は受けました。そこにこれまでのドラマとの大きな差があります。しかも世界観ないしは世界像としては、太陽と月とを同時に見ざるを得ないということで、現代人にたいする衝撃を含んでいる。現代では、太陽だけで生きている人たちが非常に増えています。『平家物語』の時代には、太陽から地球を見るという見方が確立されていなかったわけだから、月だけで生きることは余儀ないこととも言えますが、太陽にたいする意識がなかったわけではない。ちょうど海と陸との境い目に、太陽と月の影響が大きく作用する生物が住んでいる。南のほうへ行くと内海の蟹は満月のときには身がないんです。海と陸のきわには太陽と月の影響を受ける時間がある。そのことを、たとえば漁師は非常によく知っています。この戯曲は、その漁師の目をくぐっている。あるいはそうした漁師の視点が用意されている。つまり、太陽だけで生きている生きかたそのものを、下側というか月の側から照射するドラマでもあって、そういう点で現代をも超えようとする構想が感じられるわけです。最近では、その太陽もなくて、時間と関係なく生きている人たちがいる。それが大きな文明的混乱を生んでいると思います。

そういうドラマではありますが、このドラマはまた単なる宇宙と人間とのかかわりだけを問題にしているわけではない。政治という問題が置かれ、さらに社会という人間のさまざまな関係行為が置かれている。これは当然のことですが、最近の日本文学には、ともすると政治とか社会とかという問題が欠落してしまう気配があります。なかなか文学者の手が届きにくいほどに、社会や政治の問題が複雑にふくれ上がってしまったということもありましょう。しかしこの作品は、鎌倉の頼朝と後白河院と平家一門とそして三種の神器、そういう諸々の要素をめぐる古代から中世への大変換の時代を、一種の政治的変遷のモデルとして、政治および社会をとらえようとしているわけです。そこに知盛の構想と位置が、意味をもってくる。

知盛はとにかく三種の神器をもっている。これをもっていることで和平を提案し、源平の和睦というか、戦乱を治める延命策をはかってゆくわけですが、そういう線の上に知盛の像は描かれている。ふだんはそうではなかったと思うんですが、馬を生かしてやるとか、知盛自身もこれは弱気ではないかと考え、はたからもそう見える行動が出てきます。しかし弱気ではあるが、人間はもちろんのこと、いろいろな生き物を殺すということはどういうことなのか、そういう問題にまで知盛の考えは及んでゆく。それは前に述べたように漁師たちとの交わりのなかで出てきたのだと思います。漁師たちは魚と非常に深い関係をもっている。潮をよむには、魚との交わりがなければよめない。さらには海の藻とか、非常に小さい微生物とか、そういうものとのかかわりがなければ漁師は生きてゆくことができない。そういう交わりをする知盛の像は、私はいま生物学をいろいろ勉強していますけれど、現代生物学の観点から見ても非常に面白い。弱気だったり、微妙に揺れ動いたり、いるかの群との遭遇などとばが出てきて、全体的人間としての自身を確立して沈んでゆく。

知盛のそういう像は、影身という女性との問答のなかではじめて明らかにされる。厳島神社の巫女というと、歴史的には特別な意味をもつらしいが、私はそういうことは詮策しません。むしろ白拍子の一人として読んでいこうと思っています。白拍子の一人というのは、つまり人民の出身である。人民の出身であるということで、知盛がよけいに最後まで影身を守らざるを得なくなる。これもさっきの漁師とのかかわりに通じていく問題です。とくに影身は最後の部分で、影身自身は死んでいるのに、その身体を通過してことばが出てくるという仕掛けになっている。肉体というものと、それを包んだボディというか、肉体をもっていて肉体を超えるものとしての身体の意味が、この影身に具現している。身体を生きる、死ぬという問題の深いかかわりですが、最近はこの生きる、死ぬという問題への関心が非常に薄れています。生死の問題が、太陽や月や大海原、天球というものといかに深く連なっているかということが考えられていない。それが単に戦乱あるいは政治そのもののメカニズムの問題で、考えられてきている。もちろんその側面はあるとしても、「生きる足」、「死ぬ足」とでもいうものは太陽と月についているものであって、その上を歩んで行くのだという問題が問われているのです。それを忘れている現代の人たちはどこへ行こうとしているのか、という問題をこの戯曲は提出していると思います。たとえば最初の読み手Aの「そのときその足の裏の踏む地表がもし海面であれば、あたりの水はその地点へ向かって引き寄せられやがて盛り上がり、やがてみなぎりわたって満々とひろがりひろがる満ち潮の海面に、あなたはすっくと立っている」という序詞の意味が、ほんとに芝居を観る人びとの足の下で感じとられるといいと思います。また二幕の終りのところで、これも読み手Aの詩のなかに「つまり潮の満ち干を司るもの、それは今でも月の女神である」という一節がありますが、これは影身という女性につながる部分でしょう。つながりながら、影身はただ単に月の女神だけではなくて、太陽でもある。はじめに言いました太陽と月の相互のかかわりが、ここにもあらわれている。したがって影身は死んだ後にも、なおいっそう知盛の間近かに付き添っていて、影身との対話は知盛の自己との対話のごとくでありながら、自己を超えた天あるいは海といってもいいもの、全自然を代表するような女性との対話ということになるのではないか。その意味で影身を漁師とかかわりのある人物として考えたほうがいいと思います。そして影身を殺した阿波民部重能と知盛との関係が問題になってくる。

知盛のなかには重能が裏切るという予感があります。重能自身もそのことに気づいている。斬られるかもしれない、という緊張感が彼のせりふの端々に出てくる。緊張関係をゆるめるというよりも、そのことを意識している、私はあなたの心の揺れを知っていますよ、ということを知盛にわざわざ告げるかのように、重能は毎回、重能でございます、と言って登場してくる。あのせりふは、知盛に向かって、あなたは源氏との決戦の結果、天下をにぎるかもしれぬお人だと私は見ている、しかし私とのかかわりを失ってしまうと、その機会もなくなりますよ、という宣言です。私はあなたの運命をにぎっている重能でございますよ、という名乗りをあげている、と読める。

義経も潮をよんでいる。海戦の勉強をしている。しかし潮の流れを教えてもらった人たちを途中で殺してしまう。知盛にもそういう点で義経と相通じる要素がないわけではない。が、知盛は殺さなかった。その知盛と義経との相違がくっきりと描かれています。生きものを大切にした知盛の大きな戦略構想があるわけだが、それでいて戦略家の知盛の構想を、戦術家である義経の一瞬の手が破る。義経が戦略家でないということは、功のあった連中を家来にとり立てるについて、自分が勝手に決めても兄頼朝は許してくれるだろう、というあたりによく表われていて、彼は血族だから可能だと信じているわけです。が、そういう義経を、弁慶はちがいますと言って諫める。政治というものは血族関係をこえたものだ、歴史的に見てもそうだということを弁慶は主張するが、義経は最後まで理解できない。頼朝、後白河院、知盛という戦略図のなかに義経はちらちらと見えがくれしつつ登場するが、自らはついにそうした戦略をもちえなかった。しかし、義経が潮をよんでいるところは、うまく演出されると非常に魅力があると思います。それまではもっぱら馬を使っていた義経が潮をよむ。したがってそのよみ方には純然たる軍事技術的観点が貫かれていて、よみ方を教えてくれた人たちを待ちきれずに途中で殺すことになります。そういう人物として義経が登場してくることに、判官びいきの観客が、それをどう受けとめるかという興味も湧きます。弁慶、伊勢三郎、佐藤忠信らが奇計をあみだすおかしさなどは、かつて那須与一の扇の的が見せ場になっていたのとはちがう意味で一つの見せ場と言っていい。いままでの源平の戦いについての通念を、観客がどのようにこの芝居のなかで比較し、考え、興味をもってくれるかという問題も、演ずるほうにはむつかしい課題になるかもしれません。

このドラマのいちばん底にあるリズムそのものを、どうして舞台に表現するかということを考えると、読み手、群読が昔の浄瑠璃や歌舞伎の語りとどうつながり、どうちがう形で提出されるのかということが問題点になってくると思います。最近歌舞伎を読み直してみたんですが、歌舞伎十八番というのは「毛抜」「暫」「鳴神」など、そのうちの四つか五つしかおもしろいものはない。ほかは様式美以外に取得がないとさえいえる。そういう点では鶴屋南北の『東海道四谷怪談』とか近松門左衛門の浄瑠璃のもっている近代性を生かして大事に使うことを考えるべきだと思います。しかしそれだからといって、この作品の読み手や群読が浄瑠璃そのままや能そのままでいいということではない。そこがむつかしいところですが、その根底に、現代のリズムの正体をとらえる読みかたが踏まえられていなければならない。しかもそれがせりふと平行し、交錯する。とくに序詞は、源平の争いも、潮の流れをよむ徴差も、大きな歴史の流れのなかにくるんで、当時からの歴史の流れのなかに自分自身の位置をも見定めつつ、現在までそれがつながっているという立場で読まなければならない。宇野重吉さんと山本安英さんが読まれるそうですが、この読み手Aと最後の影身を演じる女優とは非常に重要で、序詞の読みかたがかなり全体を決定すると思います。

この作品をどこまで視覚化するかというのはむつかしい問題です。さっき言ったリズムということも音楽的なリズムの意味だけでなく、視覚的なものにもこのリズムが貫いている必要があります。大スペクタクルを求めているわけではないが、大袈裟なものにしないでも、それに代る力をもったものにする必要があると思います。何とか音に対抗できる視覚がほしい。遠望と中望と近景というか、ディテールの特徴化をはかって、どうしてももう一回観たい、あるいは何回も観たいという特徴化をほどこして、何回も上演できるようにすると、このドラマはだんだん練り上がってゆくでしょう。『夕鶴』の場合とはスケールがちがいます。これだけのスケールのものが何度でも演じられて練り上げられてゆくと、新しい意味での国民演劇ができるでしょう。この作品はそういう非常に大きい使命をもっていると私は思っています。

木下順二は『風浪』から出発して、いつも弱者の側、はみ出た側が目に入らざるを得ないという形でずっと作品を書きつづけてきた。初期のさまざまな作品、民話劇、『沖縄』、『蛙昇天』そして『神と人とのあいだ』や『オットーと呼ばれる日本人』でも、すべて政治というものを踏まえながら、単に政治に終らないで人間のドラマをそこから見据えている。今回の作品もその基底は同じだが、知盛像はそれを大きく超えていると言える。知盛は死ぬ時期が近づいてくるにつれて、その身は、すっくと立つ影身の身に抱きとられて全体的人間へと歩み入る。この創造作業は木下順二の作品作業のなかではじめてで、まことに大変な作業だったろうと思います。知盛は全体的人間へと歩みながら、みずから進んで海の中に沈んで行き、そこに影身が寄り添ってゆくわけですが、しかしその影身こそがその舞台の全体化をすすめるのである。それ故その瞬間は実にむごたらしいものでありながら、しかもそれによってこちらが純化されるというか、ある種のカタルシスのあるのが同時に感じられる。異化作用とカタルシスが同時的にはたらく、かつてない劇作用である。

いろいろな出発点から歩み進めつつ、非常に長い時間をかけて、いま戦後三十四年を経たこの時点で、『子午線の祀り』が上演されるということは、われわれにとって、戦後派にとって、大変大きな意味をもっている。私は自身の立場に立って、まず戦後派という観点からこの作品を見たわけですが、そういう観点をつきぬけたというか、超えてゆくような領域に大きく一歩を踏み出したという感じがします。大きな時間・空間のなかで展開されるこの壮大なドラマは、日本人の演劇であって、世界の演劇でもあると、私は思います。

『子午線の祀り』を観終って（『子午線の祀り』岩波ホール編一九八〇年二月）

以上は戯曲『子午線の祀り』を読んでの私の感想であったが、実際に『子午線の祀り』の舞台に接して、この芝居が非常にすぐれたものだということが確認できて私は大変うれしかった。リズムと私がいっている、芸術の一番底にあって絶えず運動しているもの——その芸術的運動と、歴史と自然の運動そのものとの重なり合っているところを、作者がはじめてここに探り出し、創造したのだということが、私によく理解できたわけである。舞台では、初演ということもあって、ところどころに演技の不足が見られ、そのための表現の浅さが少し気になったが、それは再演の際には必ず補われ、さらに新しい形をとって生かされて行くであろう。

この芝居が今後二年に一度ほどの割合で、長期にわたって上演され、多くの人々に親しまれ、この演劇を観ることなくしては、新しく自然と人間と社会と日本を把えることが出来ないといわれるまでに、人々に迎えられるようになることを私は望んでいる。当然、そのようになるに違いないと私は考えているが、やはり演劇人のこの芝居に向かう姿勢が、これを決定するのである。そしてその実現の成る時、日本の現代演劇は、じつに大きな変革をとげることになる。

サルトルの文学

ジャン・ポール・サルトルの文学の出発点が、如何なるものであるかは、その『シチュアシオンI』に、はっきり見てとることが出来る。ここには『ジョン・ドス・パソス論』『フッサールの現象学の根本的理念』『フランソワ・モーリアック氏と自由』『フォークナーにおける時間性』『ジャン・ジロドゥー氏とアリストテレス哲学』などという、その後サルトルの文学、哲学の根元問題となる問題の根拠が、提出されているのである。

アンドレ・ジイドのアメリカ文学論を受けて、サルトルは現代文学の到達した最高の作品として、『USA、一九一九年』を評価しているが、サルトルの長篇『自由への道』には、このドス・パソスの作品に影響を受け、しかもそれを越えようとした苦闘の跡がよく見てとれる。『自由への道』は、短篇集『壁』、中篇『嘔吐』の後にくわだてられた唯一の長編小説であるが、未完に終わらざるを得なかったのである。

短篇『壁』は、存在の不条理を追及した最初の作品である。主人公は明朝銃殺されることを宣言されている一人として捕われていて、看守に一ぱい食わせてやるために、ファシストの追及している仲間の隠れ場所を墓地のなかの墓掘り小屋というのであるが、それが偶然にも、仲間の隠れ場所に一致していて、仲間は墓掘り小屋でさがし出されて、殺されてしまうのである。有名な『嘔吐』はその不条理の追及を深め、それから脱出する黄金の完璧な時間を現出させようとする。『自由への道』はこれらをふまえて、さらに戦争と政治の問題を導入し、疎外からの脱出の道筋を見出そうと意図したものであり、小説散文の新しいさりげなさと、熱中の両極をつくり出しはしたが、未完におわった。

この『自由への道』を未完におわらせたものは、その『フランソワ・モーリアック氏と自由』という、サルトルの作中人物の視点、作家は神であってはならないという、じつにすぐれた小説論に、逆にこの『自由への道』が、縛られてしまったためであると考えるほかはない。作家の小説理論の不思議な作用ともいえる。サルトルは以後小説のためにペンを取らなかった。『汚れた手』『出口なし』『悪魔と神』『アルトナの幽閉者』などの劇が書かれ上演される。なかでも『悪魔と神』『アルトナの幽閉者』はすぐれている。ことに『アルトナの幽閉者』は、ナチ・ドイツの悲劇として傑出している。造船所の社長の父親は密告者である。そして息子はナチの拷問の下手人として、一室にとじこもっている。ドイツの死を願い、ドイツの復活の証人とならないためである。ナチ・ドイツの悲劇の根底まで下り、サルトルは、ナチ・ドイツの悲劇そのものを自らに引き受けようというのである。

サルトルの哲学の出発点は、ハイデッガー、フッサールであって、現象学である。『情動論素描』『想像的なもの』をへて、現象学的存在論である『存在と無』を展開し、藤中正義も言うように、自由を根拠とする「実存的問題性を直視する途」を存在論によって開くのである。そして身体論を通じて、ようやく社会存在の把握へと向かう方向が定められ、ここにその実存主義がうち立てられることになるのである。

しかし実存主義者サルトルは実存主義にそれほど長くとどまってはいなかった。実在主義はマルクス主義を補完する位置にとどまるにすぎないと考え、階級闘争における共同的実践の諸構造を明らかにし、組織の硬化を防ぐ方法を提出しようとして『弁証法的理性批判』の大著を書くのである。この作品はたしかに彼の生命を傷めるほどの努力を強いた。サルトルは覚醒剤のチューブを舐めながら、徹夜をつづけ、力をすりへらしたという記事を私は読んだことがある。『弁証法的理性批判』は構造主義のレヴィ・ストロースの『野性の思考』のなかで、徹底的に批判されており、その批判は納得できるが、『弁証法的理性批判』の輝きは決して消えることがない。好きなのは、この他に『聖ジュネ』と最後の作品『うちの馬鹿息子』がある。この後者はフローベール論であって、これまでのフローベール論のなかのもっとも優れたものと考えられるが、私は、まだ読みおわっていない。もっともこの作品そのものも『弁証法的理性批判』と同じく未完であるが。

サルトルはまことに優れた文学者であり、哲学者であるが、同時に大きな実践者であった。アルジェリア戦争に反対し、最初はまったく少数派であったが、ついにその主張はフランス全体にいれられ、フランス軍はアルジェリアから引きあげることとなるのである。

ベトナム戦争においてもバートランド・ラッセルとともに、ベトナム裁判をひらき、アメリカのベトナム侵入を裁き、大きな反響を呼ぶのである。フランツ・ファノン、金芝河その他第三世界の文学者、思想家にたいする関心にも深いものがあった。サルトルは『シチュアシオンX』に収められているミシェル・コンタの「あなたは要するに……解放的な（libertaire）社会主義の思想家ということになるでしょうね」（海老坂武訳）という問いに対して、別に否定はしていない。

私は全体小説論をサルトルによって得た。そして私の長篇『青年の環』を書きあげたのである。私はサルトルの中絶した『自由への道』をかなり精密に読みとり、そこに欠如しているもののところから出発した訳である。すでにサルトルはいない。「レ・タン・モデルヌ」を創刊し、新しい文学活動を開始した今世紀の巨大な文学者サルトルは、いってしまった。かなりの人々が、すでにサルトルの時代ではないと考えているかも知れない。しかしサルトルの文学、思想は生きている。

初出一覧

ジイドのラフカディオ　「世界文学」　一九四八年二月
小さな熔炉　「学生評論」　一九四八年五月
小ムイシュキン・小スタヴローギン　「思潮」　一九四八年八月
布施杜生のこと　「短歌主潮」　一九四八年九月
詩に於けるドラマツルギー　『野間宏作品集』（近代文学社）所収　一九四八年一一月
虎の斑　『野間宏作品集』（近代文学社）所収　一九四八年一一月
『暗い絵』の背景　「学生評論」　一九五〇年四月
像《イメージ》と構想　岩波講座『文学の創造と鑑賞』4　一九五五年二月
動くもののなかへ——詩人の発想と小説家の着想　「新潮」　一九五六年六月
綜合的文体——椎名麟三氏の文体　「文学界」　一九五六年八月
「破戒」について　『破戒』（岩波文庫）解説　一九五六年一〇月
木下順二の世界　「新潮」　一九五六年一〇月
象徴詩と革命運動の間　『わが学生の頃』　三芽書房　一九五七年一一月
感覚と欲望と物について　「思潮」　一九五八年七月
青春放浪——「秘密」は見えなかった　「読売新聞」　一九六二年三月二〇日〜二七日（六回連載）

わが〈心〉の日記　「毎日新聞」　一九六六年六月五日〜七月三日（五回連載）
「青年の環」について　「文芸」一九六八年四月
現代文明の危機　「読売新聞」　一九七五年一月一三日〜一四日
現代と『歎異抄』　『鑑賞日本古典文学』角川書店　第二〇巻　解説　一九七七年七月
『子午線の祀り』讃　「悲劇喜劇」　一九七九年五月
サルトルの文学　「読売新聞」　一九八〇年四月二二日

著書一覧

『暗い絵』　真善美社　一九四七年一〇月
『崩解感覚』　丹頂書房　一九四八年六月
『野間宏作品集』　近代文学社　一九四八年一一月
『小説入門』　真善美社　一九四八年一二月
『星座の痛み』　河出書房　一九四九年三月
『青年の環』第一部　河出書房　一九四九年四月
『青年の環』第二部　河出書房　一九五〇年五月
『顔の中の赤い月』　目黒書店　一九五一年四月
『真空地帯』　河出書房　一九五二年二月
『雪の下の声が…』　未来社　一九五二年六月
『文学の探求』　未来社　一九五二年九月
『人生の探求』　未来社　一九五三年一月

＊単行本及び全集等を掲載し、文庫等での再刊本、各種文学全集への再録、共著、対談、翻訳等は除いた。

『続文学の探求』　未来社　一九五三年八月
『野間宏詩集』　三一書房　一九五三年九月
『現代文学の基礎』　理論社　一九五四年四月
『思想と文学』　未来社　一九五四年九月
『文学入門』　春秋社　一九五四年一〇月
『文学の方法と典型』　青木書店　一九五六年二月
『崩解感覚』　近代生活社　一九五六年二月
『顔の中の赤い月』　東方社　一九五六年八月
『真実の探求』　理論社　一九五六年一一月
『地の翼』上巻　河出書房　一九五六年一二月
『今日の愛と幸福』　中央公論社　一九五七年二月
『車の夜』　東京書房　一九五九年一月
『感覚と欲望と物について』　未来社　一九五九年一月
『黄金の夜明ける』　未来社　一九五九年一月
『さいころの空』　文芸春秋新社　一九五九年一二月
『文章読本』　新読書社出版部　一九六〇年四月
『若い日の文学探求』　青春出版社　一九六〇年四月
『干潮のなかで』　新潮社　一九六一年四月

『わが塔はそこに立つ』　講談社　一九六二年九月
『文章入門』　青木書店　一九六三年一月
『肉体は濡れて』　東方社　一九六五年四月
『青年の環1　華やかな色彩』　河出書房新社　一九六六年一月
『青年の環2　舞台の顔』　河出書房新社　一九六六年三月
『青年の環3　表と裏と表』　河出書房新社　一九六六年六月
『青年の問題　文化の問題』　合同出版　一九六七年五月
『人生と愛と幸福』　合同出版　一九六七年六月
『文学論』　合同出版　一九六七年七月
『サルトル論』　河出書房新社　一九六八年二月
『青年の環4　影の領域』　河出書房新社　一九六八年一〇月
『創造と批評』　筑摩書房　一九六九年三月
『歎異抄』　筑摩書房　一九六九年六月
『青年の環5　炎の場所』　河出書房新社　一九七一年一月
『鏡に挟まれて　青春自伝』　創樹社　一九七二年一二月
『親鸞』　岩波新書　一九七三年三月
『心と肉体のすべてをかけて』　創樹社　一九七四年五月
『野間宏詩集』（限定版）　五月書房　一九七五年三月

『忍耐づよい鳥』 河出書房新社 一九七五年四月
『文学の旅 思想の旅』 文藝春秋 一九七五年九月
『狭山裁判』上 岩波新書 一九七六年六月
『狭山裁判』下 岩波新書 一九七六年七月
『現代の王国と奈落』 転轍社 一九七七年一二月
『狭山裁判』上 集英社 一九七七年一二月
『歎異抄』（増補改訂版） 筑摩書房 一九七七年一二月
『狭山裁判』下 集英社 一九七九年五月
『野間宏全詩集』 文和書房 一九七九年八月
『戦後 その光と闇』 福武書店 一九八二年四月
『新しい時代の文学』 岩波書店 一九八二年九月
『時空』 福武書店 一九九一年四月
『生々死々』 講談社 一九九一年一二月
『定本狭山裁判』 藤原書店 一九九七年七月
『作家の戦中日記 一九三二―四五』上下 藤原書店 二〇〇一年六月

＊

『野間宏作品集』全三巻 三一書房 一九五三年九月～一一月
『野間宏評論集』全三巻（三巻＝未刊） 未来社 一九六九年九月～七〇年三月

『野間宏全集』全二二巻・別巻一　筑摩書房　一九六九年一〇月～七六年三月
『野間宏作品集』全一四巻　岩波書店　一九八七年一一月～八八年一二月

編集のことば

松本　昌次

「戦後文学エッセイ選」は、わたしがかつて未來社の編集者として在籍（一九五三年四月〜八三年五月）しました三十年間で、またつづく小社でその著書の刊行にあたって直接出会い、その謦咳に接し、編集にかかわらせていただいた戦後文学者十三氏の方がたのみのエッセイを選び、十三巻として刊行するものです。出版の一般的常識からすれば、いささか異例というべきですが、わたしの編集者としてのこだわりとしてご理解下さい。

ところでエッセイについてですが、『広辞苑』（岩波書店）によれば、「①随筆。自由な形式で書かれた個性的色彩の濃い散文。②試論。小論。」とあります。日本では、随筆・随想とも大方では呼ばれていますが、それは、形式にこだわらない、自由で個性的な試みに満ちた、中国の魯迅を範とする〝雑文（雑記・雑感）〟といっていいかと思います。つまり、この選集は、小説・戯曲・記録文学・評論等、幅広いジャンルで仕事をされた戦後文学者の方がたが書かれた多くのエッセイ＝〝雑文〟の中から二十数篇を選ばせていただき、各一巻に収録するものです。さまざまな形式でそれぞれに膨大な文学的・思想的仕事を残された方がたばかりですので、各巻は各著者の小さな〝個展〟といっていいかも知れません。しかしそこに実は、わたしたちが継承・発展させなければならない文学精神の貴重な遺産が散りばめられているであろうことを疑わないものです。

本選集刊行の動機が、同時代で出会い、その著書を手がけることができた各著者へのわたしの個人的な敬愛の念にあることはいうまでもありません。戦後文学の全体像からすればほんの一端に過ぎませんが、本選集の刊行をきっかけに、わたしが直接お会いしたり著書を刊行する機会を得なかった方がたをも含めての、運動としての戦後文学の新たな〝ルネサンス〟が到来することを心から願って止みません。

読者諸兄姉のご理解とご支援を切望します。

二〇〇五年六月

付記

本巻収録のエッセイ二一篇は、『野間宏全集』全二二巻・別巻一（筑摩書房　一九六九年一〇月〜七六年三月）及び『戦後　その光と闇』（福武書店　一九八二年四月）を主として底本とし、各単行本も参照しました。従って表記上の統一はとっていません。

野間宏《のまひろし》（1915年２月～1991年１月）

野間宏集《のまひろししゅう》
――戦後文学エッセイ選９
2008年11月14日　初版第１刷

著　者　野間宏《のまひろし》
発行所　株式会社　影書房
発行者　松本昌次
〒114-0015　東京都北区中里3-4-5
ヒルサイドハウス101
電　話　03（5907）6755
ＦＡＸ　03（5907）6756
E-mail : kageshobou@md.neweb.ne.jp
http://www.kageshobo.co.jp/
〒振替　00170-4-85078
本文・装本印刷＝新栄堂
製本＝協栄製本

乱丁・落丁本はおとりかえします。
定価　2,200円＋税
（全13巻・第13回配本）
ISBN978-4-87714-390-9